當我們寫作，
我們寫的是什麼

凌明玉——策劃・主編

目次

輯二──時間的縫隙

輯三——通往文學的路

輯四——看不見的寫作課

輯五——食之琥珀

【主編序】

讓我們在文字裡相遇

凌明玉（作家，耕莘寫作班課程編排暨文學引路班導師）

主編《當我們寫作，我們寫的是什麼》這本學生作品集的過程，二十年教學歷程如卷軸鋪展，說不清是我教著學生寫作，還是學生教著我寫下去？

他們學的是皮毛、肌理、輪廓，我學的是教室裡彷如候鳥來去他們的生命故事，那些總是望著講台上的我，熱切眼神、青澀的、樸素的文字皆寫著喜愛文學的夢。

我剛開始寫作時，從來不曾想過之後會成為作家，甚至二十幾歲出版第一本小說，也非常羞於將自己是作家這件事告訴別人。但第一本書半數皆是在耕莘課堂的作業擴充而成，不到三十歲的我承蒙當時耕莘早期的祕書長玉鳳姐，她也是詩人葉紅，慢慢手把手教我編課表，之後成為培育講師、導師，之後一路教到了現在。

之後我的人生幾乎有半數皆在耕莘課堂度過，教學對我而言，從來不是輕易的事。原本僅在補習班教作文，偶爾在耕莘零星教寫作，這半生從事皆是兼職教學，但教大人寫作於我實在真切的難。

經歷寫作班教學洗禮後，深刻明瞭真正的難是：我面對的是一個個充滿故事的人。他們是利用教學空檔前來研習的高中國文老師，比我年長的高階主管、退休族，更多是與我年紀相仿的年輕媽媽，還有偶爾因地利之便，出現幾位台大、師大的學生。是故，在耕莘同樣做為學生展開創作之路的我，也曾坐在教室燃燒創作魂的我，完全知曉學生意欲達成什麼、寄託什麼在這個教室。

而今，教室窗外的聖母像仍寧靜地在那裡凝視著來來去去的師生們，經過二十年，我與我的學生們同時進入中年，當時中年媽媽們成了我的姐姐或媽媽輩，下課之餘我們會相約逛畫展、逛書店、喝午茶、關心彼此的健康。很多學生即使離開了寫作班，社群網站又將我們兜攏成經常聯繫的朋友，仍然關注著彼此的創作，師生都不得懶散呢。

但我於教學，並未有崇高使命或積極想為學生做些什麼，除了偶爾收到離開教室後較有企圖心的同學傳來文章指點投稿、投文學獎，僅此而已。有次在浙江的文學交流旅程中，聯文總編昭翡姐與我在山路徐行，沿著蜿蜒山徑而下，她提到耕莘學生的創作品質其實很驚人，常在各大文學獎多有佳績，值得編選一本作品集。這一提點，已是半百之人的我，暫且按下此議，只說，再想想，或許徵詢一些創作優異學生是否有意願再說。

然而，這提議彷彿一串鞭炮引線，又經過半年，我終於有勇氣點燃那支香，火藥順著炮花逐個綻放，群組信裡回覆「我願意加入」有如接續閃爍火光，於是，這本《當我們寫作，我們寫的是什麼》於焉成書，成為師生之間最美好的禮物。

這本作品集的編輯過程，自前年夏日念頭一起，歷經半年選稿半年編輯，首先請入選作品集的學生自選五篇稿件，各大文學性副刊雜誌發表的散文和小說皆可，再由我挑選出合適選錄的文章。二十年來獲得文學獎和持續在副刊發表者眾多，除卻這兩點，我更看重的是題材深化能力和創作潛力，你，是不是比過去的自己更好，妳，是不是能讓讀者看到未來諸多可能。

選稿期間，不時傳來A學生說，「我的煩惱是打開檔案實在太多篇可選，不知道該怎麼選？」這種苦惱屬於創作老手，題材遍地開花，一出手不晃不抖，信手拈來皆是文章；像這樣的學生耕莘自有寫作班以來不知凡幾，最後甚至出書成為作家。創作看的不是一時興起，而是長久的續航力，一如在耕莘五十週年的紀念活動中，文壇許多閃亮的名家如許悔之、駱以軍、劉梓潔、黃崇凱、陳栢青等皆在耕莘上過寫作課，而能將文學創作當成人生定錨，進而成為職業作家，那就是個人深化創作和造化了。

B學生則是偷偷問我，「老師，我的文章都在家副版刊登，輕薄短小，我覺得自己沒資格被收入作品集。」毫無自信者會讓老師惱怒，選擇你即是肯定你的才華，創作最忌未執行先放棄；指點如何將短文編成連綴體散文，果然最後他交出令主編滿意的作品。很多參與寫作課程的學生投稿順序皆是從家庭副刊、文學副刊、文學獎、文學補助循序漸進；

失敗在所難免，即便是老師做為新手時也曾失敗多次，但重要的是你是否還像個偏執狂始終不放棄創作。

此外，久違的C學生訝異的問我，「老師，謝謝您想到我，可是我早荒廢投稿，最近也沒有新作品，我寫得不夠好。」這種答覆是在否定過去那個努力創作的自己，而老師還深切地記得閱讀C學生獲得文學獎作品的悸動。希望這樣的妳，只是短暫離開創作隊伍，請記得你短短一千字作業我總要閱讀三四次，請你記得那些談文論藝的白日與夜晚，你焦急地趕著投稿截止日，老師都沒有放棄過你，你也不要放棄創作。

教學多年，有各種類型的學生，此書只聚焦在兩個長期經營的寫作班學生作品，無法在本序逐一詳述。諸如洪雪芬、林芩慧、翁淑慧、廖桂寧在她們筆下，我總能讀到現代女性早已擁有自己的房間，自由書寫書時代的愛與愁；鄭娟、蔡莉莉、夏予涔、鐘佩玲描摹情感總是帶有畫面輪廓，讓人讀完彷如同時看完一部短片的感觸；畢珍麗、李志傑、孫大白、林月慎則是寫作班的模範生，真正以己身歲月為故事，生命的河流讓他們的文字累積著時間智慧。此外，如林佳樺、蔡怡、蔡莉莉、鄭端端等書寫多年已然出版專書卓然成家，但作品亦無法逐一收錄。我真心感受到主動來學習文學創作來自各方社會人士和大學裡選修文學課學生的差異，寫作班學生們多是帶著故事而來，讓他們繼續寫下去是很可怕的事。

他們對創作的野心和企圖不亞於專業作家，長期上課、寫作各種題材投稿、參加徵文或文學獎競賽更是有系統的規劃執行，這次選入作品集的稿件雖多從生活或成長經驗取材，小題大作或家常小事最難是化繁為簡、寫得出色，有時閱讀他們的作業，總能讀到屬於每個人的秘密和微妙心事。

《當我們寫作，我們寫的是什麼》粗分為五輯，關於回憶、時間、文學獎特輯、飲食總總……或許仍不能容納所有學生的創作風格。其中我想特別說明：

「看不見的寫作課」這輯，是耕莘「文學引路班」和《聯合報》繽紛版合作的專題，由我策展從編課導師、上課講師、視障學生、輔導員、志工、聽打員六個面向來呈現這個不與時人彈同調的寫作班，老師與一半視障或聽障的學生彼此學習著以文字傳達寫作的心意。這也是二十年來我在耕莘寫作班最難忘卻的教學經歷。

回溯往昔，我僅是剛出版一本短篇小說集的創作新人，眾多學生容許我在神的領地放肆，首先在銀髮族寫作班磨練教法，之後是婦女寫作班、世界文學導讀班、文學導航班、女性書寫班、文學引路班……每年春秋兩季課程，倏忽二十年，倘若於體制內學校任教，過幾年也可屆齡退休了。耕莘寫作會會長陸達誠神父、我們都喊他親愛的陸爸，經常憂心耕莘要熄燈了！他對耕莘如對聖母看顧眾生的愛著，也愛著耕莘每位學生，曾經幾度我想逃離寫作班，只想做自己的事，但想到陸爸二十幾年來從來未曾對我傳教，只是相信我們會將耕莘文學創作的種子一直延續下去，成就自我的私慾也自動開始轉化，並學著與教學並行不悖。

教學和創作魂衝撞之餘，時間自然會給我答案，慢慢的，只要有一絲放棄的意念，就有學生捎來訊息：投稿多年總算攻上三大報副刊了、我終於得文學獎了、我跟隨老師的步伐考上語文創作系所了。學生分享的不論大小事，皆讓我覺得自己的付出早已涓滴成海、沒有白費。目前仍然在耕莘長期任教的寫作班導師有女性書寫班的李儀婷，文學導航班的導師朱宥勳，經常為本書兩個寫作班授課的老師則有許榮哲、宇文正、栗光、吳鈞堯、楊佳嫻、鍾正道、李達達等作家；然有更多作家編排課程時皆是我的首選，藉由此序由衷感謝願意撥出寶貴的創作時間前來耕莘授課、成就更多學生創作夢想的作家們。

這本作品集書名借用了美國小說家瑞蒙·卡佛（Raymond Carver）的名篇「當我們討論愛情，我們討論的是什麼」，最後也借用卡佛曾說的話來總結，卡佛曾說，「對大多數人而言，人生不是什麼冒險，而是一股莫之能禦的洪流。」我認為寫作亦是莫之能禦的洪流，能寫的人不會輕易停止創作的，內心總有個聲音召喚你，快點寫，繼續寫，不斷地寫下去。

你曾有的那個夢，在編輯此書逐篇閱讀文章時，我看見了你始終沒有離開教室仍在書寫的初衷；那也是在課堂我經常說著，寫作是最考驗無用、無為而治的高級興趣。你來上幾期課程，我沒法保證你能成為作家，但你一定能成為一流的讀者。老師不可能教你們一輩子，重要的是離開教室後，你仍然可以不忘卻自己當初是如何喜歡書寫這件事。

《當我們寫作，我們寫的是什麼》，即使書寫的是相似題材、生活小事，那也是屬於你所經歷的獨一無二的人生，不需要黑暗童年，亦不需要太多炫技的花招，好好地寫出那些躲藏在時間縫隙裡的情感和回憶。

這本作品集的出版並不是句號，走出教室，我們或許偶然會在文學活動巧遇，或是在副刊版面同台演出，在文學獎的殿堂驚喜的擁抱彼此。

感謝我們在文字裡相遇，信仰你的夢想，直到形成自己的宇宙。

【推薦序】

這個寫作班有魔力

宇文正（前《聯合報》副刊組主任）

我想耕莘寫作班一定有某種魔力。有時我去上課，台下坐著的同學，比如佳樺，早已得獎無數，我忍不住指著她：「妳坐那裡幹嘛呀？妳應該上台來講課吧？」學生裡臥虎藏龍，但他們還是要來當學生。也許是學無止境，總想要聽聽更多老師的經驗分享，也許是需要同儕的刺激，敦促自己不懈怠，更可能是因為課堂的氛圍，有一種魔力召喚著他們。

我也感受到這股魔力了，因此對於耕莘我總是無法拒絕，即使在最忙碌的時候，受到邀約，還是載欣載奔到課堂上跟同學們見面。斷斷續續，這個寫作班已教了快二十年，教到我和班上的一些長期學員，一起都老了。可是在那一雙雙發亮的眼睛面前，好容易便拾起少女心，有些同學年紀比我還長些，比如珍麗，她會為我捎來手工自製的低糖蛋糕，哪裡是學生，根本是姊姊。學員中絕大多數是女性，我從家庭、生活中體會的感悟，她們特別懂，笑聲裡有理解，有同感。後期班上來了有視力障礙的志傑，悄悄觀察，自有同學會協助他，這是一個溫暖有情的寫作班。

我與耕莘還有個意外的緣分，我和陸達誠神父同一天生日，是陸神父發現告訴我的，知道這個巧合之後，每走進耕莘文教院，更感到微妙的親切。

展讀這本合輯，感受到的，便是微妙的親切。尤其輯一「記憶結晶」、輯二「時間的縫隙」，其中絕大部分，是我在課堂上解析過，讚賞過，並且推薦刊登在聯副、家副、繽紛版上的作品，當年刊出校對時，讀過第二遍，那麼這次再讀，便是第三遍了。

再三的讀，還是觸動，感懷，更多的是會心一笑。鄭娟〈字跡〉令我想起自己母親的電話本，那是我們這一代共有的記憶。寫母親的還有育霖〈母親的百日孤寂〉，長照的辛勞，付諸淡淡的文字，雋永感人。桂寧〈思念，如影隨形〉，把狗狗*BOBO*永遠地留在書裡，留在心中。

佳樺的〈紗河〉帶我遺失在似真似幻的祕密基地。珍麗有說不完的童年往事，道不盡父親的鄉愁。而農家女兒月慎修復一幢土角厝，修復的更是斑駁的回憶。

予涔的〈增生〉，末尾輕輕問一句：「所以爸爸，我是不是你身上的疤。」好教人揪心。苓慧的〈夏日〉是篇令人驚心的極短篇，再讀還是震撼。

春節前才走訪加州約書亞國家公園，生平第一次見到約書亞樹，竟就在莉莉的〈潮去餘光〉裡巧遇這奇特的樹。佩玲以文字珍藏長年相伴的愛車小藍；善忘的士行，透過文字，冰凍了種種「遺忘」的時光。

在「時間的縫隙」裡，雪芬的〈舞蹈課〉，淑慧的〈黑白鍵〉都以壓抑的口吻，訴說逸出常軌幽微的激情。桂寧的〈對手〉，手心裡隱藏的故事，有慨歎，也有嘲諷。育霖的〈因為愛情〉，鄭娟〈時間的縫隙〉，佩玲的〈和解〉，篇篇教人惘然。志傑娓娓說著異國回憶，一個切片一個切片，總讓人身歷其境。予涔〈無臉之城〉，寥寥數筆，卻有卡夫卡氣息。芩慧善於探索女性的空間，莉莉的文字裡總有鮮活的畫面。而我們的生命裡，也許都有一幅，如陪伴士行走過歲月，屬於自己的〈康威爾斯小姐〉。

這部合輯也展現了同學們的征戰成果，輯三「通往文學的路」囊括了國內許多重要的文學獎得獎作品，教人欣喜。輯四「看不見的寫作課」，與聯合報繽紛版合作策展，以視障者的寫作課為核心，學員、聽打員、志工、輔導員、講師多種角度描繪這堂「看不見的寫作課」，「我相信文字是黑暗的光，真的帶領著學生摸索出方向」（凌明玉），「寫作是每個人的分身，是代替我們飛行的黑鳥，探取我們不被允許的自由」（李達達）。耕莘寫作班確是有魔力的，它給予寫作者嶄新的感官，超越眼耳鼻舌。

書在「食之琥珀」裡收尾，蚵仔的象徵，紅豆湯的象徵，鯷魚的象徵，圍裙、鱔魚、春捲、巧克力、蛤蜊、碗的象徵，給予讀者無窮的餘韻。我亦記得第一次在親情文學獎作品集讀到〈炒飯ＳＯＰ〉時，深深的動容。

【推薦序】
最好的故事，在於生命

李儀婷（教養暢銷作家、小說家，耕莘女性書寫班導師）

我的父親在七十歲那一年，決定寫下自己的故事。

那是一個了不起的決定，在此之前，在寫作上，父親只是個素人，偶爾為了工作寫過公文，除此之外從未發表過任何關於小說或散文的作品，因此在心裡，想寫一本自己的傳記書，有如一堵巨大高山橫擋在眼前，無論是過去對作家的景仰或對創作的專業，無疑都是阻礙。

然而父親跨過去了。

迫使他做出這個決定的，是因為他的生命裡存放著一部「生命」，是一部橫跨國共戰爭，是一群山東流亡學生的縮影，更是老兵在台灣立足艱困的代表，更是離鄉背井鮭魚迴游的他自己。

那是一部長達二十萬字的自傳。

也是父親的自傳故事，我看見了真正的生命。

那是我從沒看過的創作形式，以「時間」為包裝，以「真」為技法，以「實」擄獲了我。從此，我對創作有了完全不一樣的認知，不再是過去以「形式」與「包裝」的標準來看待寫作，而是以真誠的生命。

這樣的認知如同我在耕莘青年寫作會認識的陸達誠神父／耕莘青年寫作會會長，帶給我的生命感受一模一樣。

我在耕莘青年寫作會擔任志工長達二十多年，會讓我在這裡停留這麼久的主因，正是寫作會會長陸達誠神父，他在早年我的創作生命裡，給了我無限的慈愛與關懷，並且屢屢給了我無價的欣賞。

那些年，他像個父親一樣，總是將我在各大報發表的文章以及得獎的作品收集起來，彷彿是自己的驕傲那樣，逢人便分享我的微小成就，也就是那樣的真誠，永遠的連結了我與他以及他身後寫作會這個像寶藏一樣的文學之地。

耕莘的女性書寫班開辦了二十多年，與我從事文學創作的時間幾乎等長，我投入文學創作的第二年受明玉老師信賴，擔任女性書寫課的單堂講師，幾年後明玉老師更邀請我成為該課程的共同規劃人，直至前幾年又得明玉老師信任，成為女書課導師，她將課程的規劃全權交到我手上，更將女書班這群如珍珠般的學員一起交付給我。

來參與「女性書寫」課程的學習者，大多年過半百，他們都是從奔忙的工作與忙亂的家庭生活中退役下來的勇士，身上最不缺的就是生命故事，而那也是我最看重的創作寶藏。

「寫作技巧可以學，但以生命淬鍊出來的故事，只有你們有。」

這是每一年我對學習者說的話，帶著多年來對創作背後的感悟，真誠不諱。

每一期結束，學員會將課堂上的學習內容結合自己的故事，譜出一篇篇作品，每每與這些作品相遇，我都會有如同看見父親傳記般泫然欲泣的感動，那是她們生命中最動人的記憶，而如今他們都學會了創作，得以讓時間洪流外的我們，能窺看這一部生命的精彩。

這本書承載著許多人的生命，是我視之如父親一樣重要的傳承，如若你們與我一樣有幸與這本書相遇，就能體驗我所體會的感動。

因為，創作最好的故事，始於生命。

【推薦序】

有一天，你會成為書裡的名字

許榮哲（華語首席故事教練）

一九九九年，我二十五歲，台大研究所剛畢業，錢多事少離家近地留在學校當研究助理，心底想的卻是我要離開這兒，成為另一個人，雖然我還不知道那應該是怎樣的一個人。

約略是一個木棉花開滿羅斯福路的時節，我百無聊賴地騎著黑色迅光125從台師大附近的耕莘文教院晃過，意外地瞥見了當年度的耕莘青年寫作會招生簡章。

簡章上，像夏夜螢火蟲一樣，亮出來的是那些我從沒聽過的小說家、詩人，這些離我比草履蟲仰望織女星還要遙不可及的夢幻稱謂。

當時的我還不知道，下一個抉擇會改變我的命運：我報名了耕莘的文學寫作班。

隨後，我在耕莘的文學寫作班，收穫了海量的文學養分，幾乎是從江南七怪，再到全真七子，最後是東邪西毒南帝北丐中神通的文學養成。然而更重要的是，我在其中感到一種巨大的狂喜，原來這個世界上，真有這麼一件我喜歡得不得了，並且有能力去做的事。

那一年，我第一次參加的文學獎，就是耕莘文學獎。新詩、散文和小說，三個文類同時參加。很幸運的，小說和新詩同時獲得優選，獎金三千元，得獎作品收錄於耕莘的刊物《旦兮》。至今，我仍記得當年得獎時的狂喜。

正是這份狂喜，讓我有勇氣掙脫社會的價值觀，放掉理工，全力朝自己的夢想，狂奔而去。

特別值得一提的是，當年我在耕莘得獎的小說作品《我的朋友不要臉》，後來就是在聯合文學出版，書名就叫《吉普車少年的網路日記》。

就像學長姐回母校分享一樣，至今二十多年過去了，我年年回到耕莘，跟文學寫作班的學員分享文學、分享我的寫作之路。

無須太多的言語，就像當年耕莘青年寫作會的會長陸達誠神父，只是默默地送了我一本書，並在書的扉頁留下這麼一句話：我相信你很快就會回到耕莘來。

簡單的幾個字，藏著肯定、藏著期待、藏著夢想與追求……就這樣，我完全燃燒了起來。

所以看到這批學弟妹的優秀作品時，我迸出了一個點子。從今年開始，每到耕莘上課時，我就送學員一本書《當我們寫作，我們寫的是什麼》，模仿陸達誠神父，在書的扉頁留下這麼一句話：有一天，你也會成為書裡的名字，發出難以想像的光。

那些名字是：鄭娟、林佳樺、畢珍麗、廖桂寧、李志傑……

【推薦序】

慢慢愛上記憶之痕

盧美杏（中國時報人間副刊主編）

說來矛盾，他們有不少是我的「老友」，我卻大半不識。多年來，我在他們的文字裡歷經父母離世的哀傷，同喜於孕事，同感於成長路上的心酸；他們在文字之海裡泅泳多年，早練就一身武功，而我是那幸運的編輯，竟有文章能否刊登見報的生殺大權。如今，這些美好的珍珠串成一本合集，我在讀著這些屬於他者的記憶之痕時，也慢慢沉入屬於我的過往。

許多人喜歡問副刊編輯一事，便是：「副刊編輯是怎麼決定哪些文章可用不可用？」我的答案一向簡單二字：共鳴。引讀者共鳴是一位副刊編輯選稿時必須時時刻刻謹記的，可喜的是，耕莘寫作班的學員們顯然深諳此道，所以夏予濤在〈增生〉裡寫「闔上結痂的回憶，我想問爸爸，他是如何正視脆弱敏感又容易受傷的女兒？所以爸爸，我是不是你身上的疤。」如此叩問，唉，我讀出她那一頁難解的父女情愁啊！

而鍾育霖在〈因為愛情〉中慨歎「沒有家的我，曾想建立一個新的家，最後一敗塗地，鬆開了她的手。」字裡行間流洩出深深遺憾，鄭娟在〈字跡〉中「你的字整整齊齊，站得好穩。」她透過文字替母親發聲了；畢珍麗則替父親喊出「大海俺來了」。記憶如生命微光，讓林月慎在昏暗的土角厝，看見父親彎腰的身影；讓蔡莉莉在流動的時光中照見二十歲的自己；讓游士民在炒飯中對母親的思念一分、一分又一分地加深。這些篇章真摯動人，確實是「寫自己」的最佳典範。

合集中收錄了一個特別的單元，是耕莘寫作班特別為視障朋友所開設，策畫人暨本書主編凌明玉邀請學員、輔導員、聽打員以及志工、講師一起開啟創作的密碼，共同成就「看不見的寫作課」，創作本是孤獨之事，「當失去一兩種感官，還能釐清蒙在眼前看不清的霧嗎？」凌明玉曾如此自問，隨著同學文章陸續見報，甚至獲得文學獎肯定，她終於相信，文字是黑暗的光，帶領寫作者摸索出方向。

當然，最亮眼的當屬學員們交出的文學獎成績單：林佳樺以〈吹笛人〉獲得時報文學獎，她生動描寫閹雞師傅阿勇師沿街吹笛「閹雞」的過往，身為中藥店的後代，看到外曾祖父的閹雞技藝失傳，決定以文字重拾往昔的農村記憶；王子丹獲台北文學獎的〈65%，台北〉形容臺北如「奢華的巧克力泳池」，而她浮沉其間，歷經高峰低谷，緊緊守住親密愛人，尤其文末寫到「而這個城市，總是會有6%的時候，總是會想出新的辦法，新的定義，接納。我們。」真想為作者鼓掌喝采，她文字傳遞的正向能量相信讀者感受到了。

畢珍麗且為這本合集做了很好的註解：「若沒有這畝文字的田，我渡不過這片苦海。」恭喜耕莘寫作班的學員們渡過人生苦海，交出這麼多精彩的文章，他們的吶喊如此委婉深情，相信翻開此書的讀者，都能細細聽到那絲絲動人的心靈樂章。

輯一——記憶結晶

字跡

鄭娟

生活碎片殘留，書房默默堆成儲藏室，始終斷捨不了親友寄來的信件，字字真跡，也算是時代遺產。厚厚一疊聖誕卡片是主體，幾封陳年情書，整理之際，落下了張便條紙。

上頭的字體有些飄忽，排成一列在發抖。我曾聽媽媽抱怨過，即便鉛筆短到握不住，外公也不肯浪費錢在女兒身上，最終是年邁的阿祖不忍心，偷偷塞錢。儘管如此，她也沒有太多練習的機會，學寫字僅止於小學，下筆時有種不確定感，筆畫走得踉蹌。

第一次細看媽媽的字，是偷竊途中的意外事件。獨自在房裡想偷錢，隱約傳來腳步聲，嚇得用力關緊抽屜。心虛使然，根本沒人經過，重新打開抽屜，查看錢包是否歸回原位，沒想到藏在抽屜深處的筆記本，被震出一角。

快速翻閱，裡面記錄了她初為人婦的種種挫折。夫妻倆雖識字不多，寫字亦有自己的個性，爸爸運筆熟練，因餘裕而連筆交錯，辨識費力，媽因生疏一筆一劃慢慢寫，反倒清晰易讀。丈夫服役中，獨自待在婆家，身為最資淺媳婦，煮飯、洗衣、打掃、祭拜，家務填滿日常，出嫁前早做慣了，別人家規矩難懂，累的是心，似乎每個人都能理直氣壯說她兩句。

「我很想你。」結尾這幾個字，重複寫著，像咒語般召喚。

思念卻止步於此，脫下軍服的男人，進坑挖礦，生死交錯輾壓的不安，招來猜疑善妒。

本子被撕掉部分，大段留白之後，劇情突變。

「我知道你偷看我的日記，我很失望，以後不會再寫。」三句話留在空白後的首頁。

此後衣食、學費、紅白帖，與數字並列成行，帳目占據筆記後半，像是寫好後半人生。

不寫的，還有考卷的家長簽名，害孩子被訕笑後，成了她唯一推託給先生的事。除了親友商家的電話號碼，媽很少寫字。某日，她買來文具店的制式電話本，要我將電話號碼重新謄入小卡，收進活頁本，銷毀桌墊底下她抄寫的所有紙片。

遺留下來跟著信件一起泛黃的便條紙，底層用鉛筆寫了幾則我早已不識的數學公式，那是唸書時害慘我的微積分，藍色原子筆墨覆蓋其上，儉省作風很像她。沒有手機的年代，找工作全靠家用電話聯絡，求職公司來電，她仔細幫我寫下留言，開頭的「阿娟」，文字突然發出聲音，媽媽習慣朝著剛回家的我，扯開嗓門喊：「阿娟，那個……」她急著說當天發生的事，怕自己忘了。

好久沒聽到你的聲音，上香時，都是我在說。叫你來吃供品，喚你來領紙錢，叮嚀有事記得託夢告訴我。沒說的，是我又偷翻你的東西，找到梳妝台抽屜深處的筆記本，翻到底夾了張紅紙，寫著孩子們的農曆出生年月，細至時分，底下，是孫子的。你的字整整齊齊，站得好穩。

（二〇二五年三月十二日，《中國時報》人間副刊）

紗河

林佳樺

不孕症治療幸運地懷了女兒後，我貪心地想為家裡再添個新成員。由於我的卵子多數不成熟，品質不佳，只好先不考慮取卵及試管方試。我和先生約好，做完為期八次的不孕療程，倘若無果，我們就一家三口開心度日。可以當女兒玩伴的人不必然只限小朋友，當父母的，是孩子一生的陪伴。

那天，拿完最後一次療程針劑，我想起先生公司即將尾牙，我的衣櫃服飾不是過季、便是擠不進垮垂鬆軟的肉軀。租套正式禮服吧，聽說縫工細緻樣式典雅、口碑較好的店家多集中在中山北路婚紗街。

想起大四時，因選修課必需時常到北美館看展、收集資料，回程我常在中山北路二段下車，沿路散步。幾次曾和好友或他行經此路，有時閒聊志願，有時和他討論規劃如何在未來併肩走，這美麗櫥窗也承接了當時我大學畢業前必須兼顧實習與畢業報告的起伏情緒。我極喜歡那家名為永恆攝影的店家，服飾、化妝及拍攝風格典雅，雪紡蓬裙、妝容淡雅、價格合理。後來，來此店討論拍攝事宜，看著櫥窗瑩光，被課業與就業壓得沉重的內心彷彿透進了光。我和他想走文青質感風，想到明星咖啡館外拍，接著便在攝影棚談起畢業後的工作，討論北市最適合居住的地方，如果有個十坪大小的書房，想擺什麼類型的套書或布置成小型電影院⋯⋯。婚紗街被我視為通向人生下個階段的祕密甬道。

我多久沒再來了？曾是重要座標的地段，後來被我封印成一個疙瘩。他沒有前來拍照，也沒準備好與人相伴，自由慣了的他太害怕被約定綑綁。後來由此店輻輳出去的百來公尺巷道成為我的地雷區，我能避則避，總覺得重訪此地會勾起那段沒有自信、全身總罩著灰黑布袋的闇黑過往。

常自問：是我的錯嗎？或是衰神附體？那時因為被放鴿子事件總是沒自信，走路常畏縮，心態老了多，彷彿那天從永恆攝影走出，身體內外已爬上皺紋；走在這座城市，常覺得是路上行舟，浮沉水中幾至滅頂，得咬牙握槳才勉強靠岸；催眠自己「這是夢」，夢醒時就會由水面返回陸地，現實陸上，什麼衰事都沒發生。有天看到舒國治《水城台北》，才知清朝時期這都市是湖泊，那麼我被丟包的攝影店是四十年前湖中的哪個點？是否因為此地曾是水，折射出來的風景是人事姿態時，才會搖晃不定？現在的陸城台北，是否再隔一甲子又會變成湖？到時我現在治療不孕的醫院還在嗎？如此變遷，如否隱喻著人與人的情分，上一秒在陸上踏實並行，下一瞬卻是搖蕩在水中、旋即被沖散？

找回自信的那段期間，天天默念：我沒有被丟下，而是學習割捨不適的人事。勇敢地與當時漸行漸遠的他斷了聯繫後，我自疑自信浮沉多年，漸漸調適成面對傷心難過較能直視看待。

答應出席先生的尾牙，我想租借典雅服飾，憑著印象重走故地，愈走愈不對勁，那間地雷攝影店竟泡沫般消失，換成了新建大廈，我愣在原地，難不成被放鴿子事件是我寫小說太入魔、自行虛構的故事？詢問大廈警衛，這棟大樓何時完工？他忙著指揮車輛，以口哨嗶響示意不要擋到來車出入。

數十年前我在這座標上的點不見了，但人事物並沒有因為我這幾十年膠著在「倒楣」的執念上便停止不動，此區雖汰舊換新，但下一條路仍有我知悉的舊店家。此時深刻體悟到世間萬物不會由於我得意失落而改變、而停止運行，那些日子我頹廢難過停在原地、哭泣，何必呢？應及早整理自己，拿回主控權。

我輕敲下一街巷那間老店的大門——F巴黎婚紗。因為不是這家客戶，當下我結巴地語不成串：「請問……我有位老友……就是前面五百公尺的永恆攝影……」

「哦，那間啊。」彷彿是人事已非重話當年，老闆娘倒了杯茶遞給坐在沙發上挑選照片的新人後，嘆氣：「幾年前都市更新，你以前拍照的那一區被建商收購，重新改建了。」

「有他們的聯絡方式嗎？」

「不太清楚吔，聽說他們想在別處重新開張，但不知詳情。幸好我們這區幸運地躲過一劫。」

我擔心影響店家做生意，不好意思續問，老闆娘熱心推薦我來拍個人照，說現在來拍照的人，獨身、同志、全家福、好友很多，不像早期只限於婚攝，接著她好心地提供資訊：「聽說今年或明年，對面街道也要都市更新，其間在此紮根三十年的老店——蘇菲亞婚紗也要搬了。」

蘇菲亞是當年婚紗街的天價攝影店，那時我們只能望店興嘆。

那種陸上行舟的不真實感又浮現出來，大千世界瞬息萬變，踩在地上總是搖墜，那麼不踏實，此刻腳下的地磚倘若下個月再來，又會變成什麼呢？

不禁感慨此地是當年我想走往人生下個階段的築夢點，此計劃雖然流標，二十年後，這些曾讓我極難過的地點，竟然一一消失，彷彿想從腦裡連根拔除這些記憶。我不是該高興嗎？這曾被我急迫想抹去疙瘩似的地方，幻術般泡沫化了，成了一個我不說、便無人知曉的祕密，豈不正好？為何我全無欣喜呢？

此時老闆娘又熱心推薦出租禮服，看了我的外形、身材，介紹禮服有千元及萬元計價等級。問起尾牙有無主題，我搖頭不知，以為只是單純聚會，才知現在年輕人流行聚會主題，賓主得依主題選衣服飾品，如古裝風、異國風、法國宮廷風、夜店風……，老闆娘提醒，這些穿搭一定要適合自己的身形與氣質。

二十年前，我挑選了當時頗時尚的蓬裙、金鑲髮圈、厚重睫毛膏、眼妝要抹上厚層亮粉，口塗勃根地紅酒般的亮朱色，自以為跟得上時代，也沒有與旁人靜心討論彼此適合嗎？對未來是何種看法？我以為承諾是對方提出約定，再不適合都要信守承諾，對方則隱隱覺得我及約定都會讓他溺斃。他沒有勇氣提出商量，只好臨陣脫逃。

走完這地雷區，發現內心的疙瘩小很多了。多年來，我學到人和衣服、都要挑選合身舒適，然後讓這兩者在自己眼中、櫥子裡，永不過時。

☆（二〇二一台北文學季「我的祕密基地」徵件文字組首獎）

趕海記

畢珍麗

平快火車剛進站，父親眼睛像雷達快速搜尋開著的車窗，「快！快！快！」他喊著。接著他抓起個小的妹妹，從車窗往車廂裡塞，再像灌籃高手一樣，把包包一個個丟進車廂座椅上。我們大一點的得趕緊擠進車廂找到放包包的座位，然後露出得意笑容，等待父親誇獎。月台邊這樣驚險刺激宛如逃難的場景，即使已過五十年，卻仍清晰得像才看過的電影，每個畫面每個細節都在腦海裡浮現。

那年伯父英年早逝，留下伯母和六個從幼兒園到剛上初中的孩子。父親為了讓伯母早日走出喪夫之痛，發起了放假到基隆八斗子海邊之旅，我們都高興的跟著父親喊：「俺要趕海囉！」

那時沒有私家轎車，就算有恐怕也得有個小巴才擠得下，兩家蘿蔔頭就有十來個。因此，一切都得依賴大眾交通工具，所以趕火車的畫面時常在火車站月台瘋狂上演。

車廂裡，我們根本也坐不住，跪在椅子上看車窗外向後奔跑的樹木、房屋、電線杆。

快到站時早早就擠到車門邊，有一次混亂中，堂妹的小手順著車門開啟夾進門縫裡。她嚇得哇哇大哭，淚珠像黃豆那般大。我們大一點的趕緊逗她安撫她，父親衝出去找月台上的人來，結果車門要關上時她的小手也跟著出來了。真是笑話鬧大了，她手小，也沒有夾得很深，當下若我們不緊張，說不定手也拔出來了。堂妹哭得像花貓一樣的小臉，那天大家都像對待公主般哄著她。

日常裡父親總悶悶的，像憋著一肚子話不肯說。一旦踏到海邊礁石，他就像見著了多年好友，不但話變多了，連行動也讓人佩服。每次他都會說：「給妳們找個小池塘。」於是他四處轉悠，很快就能讓他找到一處淺水區，那裡就是幼兒園區。伯母和懷裡抱著七妹的母親，坐在淺水區看著幾個套著泳圈的小蘿蔔頭玩水。

大點的就各自玩著喜歡的把戲，準備的小魚網和桶子，這時都派上用場。抓魚抓蝦找貝殼。海水浮力大，我自作聰明練悶水憋氣，一個浪打過來，嚇得嗆了一口海水：「哇！鹹死人了！」之前只知道海水鹹，這一嗆才知道海水鹹得發苦啊！

為了讓玩累的我們立刻能有得吃，母親前一天都會大採買，剁餡發麵蒸包子、滷豆干滷蛋。對了，還有百啃不厭的雞爪子，這些都是平日不容易吃到的美食。出發那天母親得比我們早起熱好食物，再用布包包好放進厚紙箱。等到中午享用時包子還溫熱的，母親備食物的心思，讓我們趕海記憶裡永遠竄流著食物氣味。

海邊的太陽像火球般炙熱，那年頭可不興抹防晒油，每回太陽的威力都能把我們晒得起水泡。但大海是有魔力的，它會吸引我們，於是上週的皮還沒脫乾淨，這週又擠進了火車車廂裡。

後來父親也想到了對策，不知道他上哪兒弄了塊大塑膠布、幾根麻繩。到了海邊像到了他的地盤，東拉西綁的，海邊的礁岩枯樹幹，都成了他利用的建材。一會兒功夫，大遮陽棚完工了。趕海肚子餓得特別快，也不知道是不是母親的包子、滷菜香氣會一直勾引人。玩累了躲進去一手包子，一手滷豆干雞爪子，海風再一吹過來，這裡到底幾星級，我真說不清楚啊！

出門旅行總得帶些東西回家，趕海能帶的東西就絕啦！活的、吃的、裝飾的、當禮物的……，樣樣都是寶。寄居蟹讓我們週一帶到學校去能風光好久，還會有同學帶玩具跟我換寄居蟹，更妙的是居然有同學建議我，多抓幾個來學校賣給她們。漂亮的貝殼送給好同學馬上變成了知己。父親曾撿到像拳頭一樣大的海螺，把海螺貼近耳朵就能聽到浪潮的聲音。一塊透著玄機的小礁石彷彿說著大海的故事，把它安置在書桌上好像就能看到海水捲起的浪花。最讓我們流口水的是海螺，回到家母親只需用水煮一下薑酒都不用放，一家人圍坐每人一個粗針或是錐子輕輕一挑拖出螺肉，那種最原始最鮮美最頂級的味道，哇！現在彷彿都能從齒縫間咂出鮮味來。那滋味不能只按讚，得一邊吃一邊喊爹一邊喊娘啊。

雖然，父親是為伯母和我們這些孩子們才來趕海的，可是每次他都像是玩得最開心的人。記得第一次到海邊，他就快步奔向大海站在礁岩上，對著朝他湧來的海浪喊著：「大海俺來了！大海俺來了！」

每當父親在海水中或礁石下摸到貝類或抓到蝦蟹，他都會像找到寶物一樣，舉得老高老高歡呼喊著：「快來喔！有寶貝囉！」吸引我們過去看。然後他還是會說：「這裡的海比起咱們山東老家的海窮多了，老家海邊蝦蟹可肥啦！」

時間是怎麼從我們身邊竄逃的？如今趕海的機會越來越少，父親卻常在記憶的大海裡遊走。他十四歲時局勢混亂，父親跟奶奶說要隨兄長出去看看，最多半年就回去。想不到踏出家門之後，故鄉的大海只能在夢裡重溫。

父親坐在後座，口中喃喃的唸著「大海俺來了！」海浪一波波向岸邊打來，宛如召喚的儀式。然而漫長的海岸線，我卻找不到兒時走向海邊的路徑，像父親現在找不到回家的路一樣。

在公路邊的咖啡座，看著海邊嬉鬧玩水的遊客，父親癡癡的望著，人群中有人高舉起什麼歡呼著。是貝？是蝦？是蟹？我彷彿看見父親嘴角微微揚起。

☆（二〇一五年吾愛吾家徵文散文類佳作）

母親的百日孤寂

鍾育霖

1 百日孤寂

晚上總是很吵，氣墊床的氣閥聲，呼吸機馬達聲，再加上母親偶爾的呻吟聲。我總是很少睡得好。

日夜折磨，是鑽進看不到終點的幽暗隧道。但經過十年掙扎，還是來到出口。這是段很忙碌的日子，頭七一路做到七七，接著還要辦理繼承事項。差不多在百日的時候，送走看護，我終於迎來第一個寧靜夜晚。

夜深人靜，孤身縮在床沿的地板上，這時我才發現，隧道出口，其實是另一片黑暗。

一旦失去事情可以忙碌，所有思緒都會醒來。為什麼拒絕媽媽餵我的最後一口飯？為什麼過年不帶媽媽回娘家？後悔，無數的後悔充斥著腦海。

靜謐是一頭怪獸，她每晚都想將我吞噬，而她每次都會得逞。

她在夜裡襲來，提醒著，現在這個世界上，愛我的人已經一個都不存在了。

靜謐將我包圍，那比死亡更令我恐懼。

我變得無法入睡，只能起身打開氣墊床和呼吸機的馬達，假裝一下，然後縮回去等待，等待光明的到來。

2 養狗之謎

母親非常反對養狗，家裡只能有一個畜牲這種老掉牙的笑話常在家裡出現。

和母親相反，我很喜歡狗，牠們既忠心又單純，只要盯著牠們的眼神，往往可以知道牠們在想什麼。這點比貓好。生平遇見的每隻貓，我都搞不懂牠們腦子裡裝什麼。但再怎麼喜歡，只要母親反對，就只能放棄。

母親後來病重，失去行動言語能力，只剩動動手指來表達是或不是。此時有朋友請託我照顧她的狗幾天。這機會好難得，不能養狗，這樣過個乾癮也很好。

這狗有靈性，牠在我家沒叫過一聲，甚至知道該討好誰，牠坐在母親身邊伸著舌頭，直盯著她。

我拉她的手去撫摸狗。「媽，妳看，這狗多可愛！我們能養一隻嗎？」我明知答案，卻故意詢問。沒想到，母親以手指回答我可以養。

這事太蹊蹺，我無法理解，是認知退化嗎？還是她真的改變心意？如果是，那又是為何？我沒辦法問她，她早已不能講話，這只能是個謎。

我沒有因此開始養狗，那不一定是母親真正的意思，還是要以她健康時的意願為主。隔年母親往生，治喪期間我和已出嫁的姊姊聊到此事，姊姊說母親不是討厭狗，是討厭離別。外婆家是養過狗的，但狗的壽命不比人長，送狗走時，母親很傷心。姊姊還說，母親私下非常擔心我有天會寂寞。

所有線索在此交疊，謎底解開。母親自知時日無多，她知道未來會僅剩我一人，希望至少能有條狗陪我。媽，我也討厭離別啊！我好想妳，妳知道嗎？這樣愛我的人，世上不會再有了。

寂寞可以習慣，但離別不行。還是遵照母親意願，別養狗了吧。

3 長照下的放風時間

那幾年長期照顧媽媽，只有星期日她男友會接手半天，讓我可以休息。

突然擁有的空閒時間，卻常常不知道該拿來做啥？拿來睡覺太浪費，我總想呼吸一點自由的空氣。

騎著機車，漫無目的，我想去某個地方，也同時想著回家。

那天選擇某個公園歇腳，想放鬆心情，發現根本辦不到。我的心還漂浮在媽媽身上。媽媽的男友也老了，真的能顧得好嗎？萬一兩個人一起跌倒怎麼辦？

這時，我看到一個矮小的男人，他身著病人服，面帶微笑，繞著一座圓形花圃低著頭不斷地走，附近有個高壯護理師和我一樣看著他。

我大概知道是怎麼回事，這個男子是療養院的低戒護病人。跟我一樣，現在也是他放風的時間。

他像個入定老僧，心無旁騖，就這樣彎著腰，同個姿勢，繞著那個花圃長達兩小時。他繞了多久，我就盯著多久。看著看著，我的心也跟著定下來。

為何因此感到安心？其實我也不懂。是因為在他身上感受到世間滄桑不過爾爾？又或者，是因為這場景有股禪意？

他不只是位病人，那天，他是我的師父，是搭救我的菩薩。多虧了他，讓我在高壓的長照之下，得到片刻真正的喘息。

4 會落淚的繽紛

五月，油桐花季。母親最喜歡的月分。繽紛時節，片片降雪，伸手去接，卻無冰涼。那便是凋零的油桐花。

油桐花的美，我是很後來才知道的。母親喜愛油桐花，在她還健康的時候，喜歡呼朋引伴，一同前往。我總是拒絕母親的熱情邀約，對油桐花沒有興趣。

後來母親病重，漸漸失去行動能力，也陸續失去一個個朋友；一起欣賞油桐花的任務，便落到我肩上。

牽著蹣跚的母親，走到山上某處，我稱之為特等席。倚著女兒牆，視野遼闊，一山雪白，盡收眼底。我還是對油桐花沒興趣，摸摸母親斑白髮梢，看著她開心神情，這比油桐花好看。

母親連走路都困難，我們改推輪椅上山。一樣的特等席，一樣的一山雪白，但我專注在手上的白色手帕，那要拿來擦拭母親滴下的唾液。

之後都是推輪椅上山，母親前幾年很開心，後來我沒辦法知道她的心情，我看不出表情，不知道她還有沒有意識。醫生說，媽媽的病後期都會這樣。

那年，我一個人推著輪椅到屬於我們的特等席，這是我第一次真正把心放在賞花上。

一山雪白？到底有什麼好看？我想看看母親生前看過的風景，於是坐上輪椅，這才明白母親到底多溫柔。

女兒牆太高，這個角度根本看不到油桐花，原來母親高興的神色，都是她的體貼。

這幾年，我到底在幹嘛呢？母親往生後，我的情緒總是很淡，好像這時才明白，母親真的走了，於是我第一次，激動起伏。

油桐花凋零時有一種美。那是美麗到，會落淚的繽紛。

（全文分節於二〇二三至二〇二四年《聯合報》家庭副刊和繽紛版刊登）

思念，如影隨形

廖桂寧

BOBO，我養了十二年的狗，去年冬天寒流來襲前，離開這個世界。

在牠頭七那天，我寫了一封信向牠告別，也向曾經擁有牠的自己告別。我自認：揮手，轉身，向前行。一如電影終了，主角背向陰影，瀟灑舉手輕搖，朝遠方沒入光暈裡。

信裡我說：「我會永遠記得你。」若我沒說謊，那麼記憶就是騙子。隨著時間不斷向前，牠原先所占據的空間不斷褪去。

最初，大量的遺跡，提醒著牠曾經存在——吊在衣櫃旁的黑色長褲上，沾著幾根白毛；院子的角落裡，還掛著牠的衣服；籠子旁一滴沒有清除乾淨的血漬，由紅轉黑的成為地上的一顆黑痣；雙眼緊閉，黑暗中牠的身影清晰顯影。

後來，發現自己不再時常提起牠、想牠，我想，我已遺忘。直到我無意識的對著新養的狗說：「*BOBO*，別鬧。」

不斷被作弄。

都說天蠍座善記憶，但我卻發現：所謂的記憶，只是一件又一件的歷史描述。在大佳公園裡，牠突然從我身邊爆走，急速向前衝，等我發現牠的目標是前方情侶時沒命的跟牠競速，趕在牠一口吞下對方手中的香腸前抓住牠，情侶同時回頭，疑惑地望著離他們十公分不到行跡詭異的人和狗；某個暑假我帶牠跟隨友人去龍洞攀岩，中暑的牠在巨大石塊上四處亂竄，後腳不慎滑落，沒想到牠竟靠著前肢死命攀附，結果是腳掌破皮，跛了一週；夏日午後暴雷，牠彷若世界末日般瑟縮哀號……。

我可以給你更多更多的事件敘述，但牠的氣味、聲音、坐在你懷中的重量、擁抱時感受項頸的寬度、手心滑過柔軟毛髮的觸覺……官能無法記憶，隨著時間流逝逐一消失，成為一片又一片的模糊。

為一片模糊哀傷，真是件矯情的事。

但藏匿在角落的片段，總冷不防的像裝了彈簧的惡作劇玩具般瞬間彈出。

不小心開啟了存放在電腦裡的一個錄音檔——製作動畫需要，我曾逗弄 *BOBO*，逼牠嚎叫——我一直都記得這件事，但久違的聲音失真也忠實的從喇叭中傳出，卻讓我瞬間失控，無法抑制的號啕大哭。

聲音比記憶還可信的證明牠真確存在過。

時間如果凍般凝結。我懷疑 *BOBO* 化為希臘神話裡的波希芬。波希芬依著被冥府之王哈迪斯的承諾，踩著春天的步伐回到大地，隨著她的回返冥府召喚冬天。*BOBO*不回返。

巷口的槭樹搶眼的宣告變裝。按著自己的節奏，一身青綠被北風的長袍襲走，一夜轉紅；沒多久，滿樹澄紅，又隨著寒風飄落不剩，光無一片葉的枝椏捱撐著渡過寒冬；春天第一口暖氣，綠芽抽頭……規律而不斷，稍不經心，季節轉換。

我憶起去年此時（以及更早之前）與*BOBO*散步時，牠總要踩踏樹下落葉；去年春天，還能悠緩同行。

和狗散步需要一種慵懶情懷。順著牠的節奏停停走走，得有個非常鬆軟的心情、沒有任何限制的時間預算，彼此才得以完成一趟完美的旅程。

當*BOBO*再度停下腳步在草叢間嗅聞，我將始終停留在牠身上的目光移向眼前的樹木，抬頭的動作，讓嘴裡鼻孔裡呼出的氣息化身一道白霧，溶進飽涵水氣的空氣中，遠處像上了一層柔焦鏡頭，隱約的青色桃紅色藏身白茫茫裡。

初春，冬天的氣息依舊，我和*BOBO*每一口呼吸的氣息都化成一縷縷白煙，路旁那一棵棵只有枝幹的櫻花樹，就在我不敏感無所察覺下換裝了（不察的，何止是時光的流逝，還有*BOBO*的病老衰），枝椏上的櫻花，悄悄發苞綻放，疏落的點點桃紅，提醒著春季的腳步即將抵達。

今年的春天？我反覆思索，沒有一點兒印象。

季節不斷持續地向前走，我沒跟上，留在原地。

晚風拂上皮膚，風的溫度，透露著秋天的訊息。我的心猛然緊了一下，煩躁隱約卡在心頭。

我知道，是為了什麼。

（二〇一〇年十一月四日，《中華日報》副刊）

土角厝

林月慎

一進門，大廳紅神桌供著祖先牌位與土地公，桌下長年擺著一個鋪著稻草的竹籃，偶有母雞在孵蛋。前面一張方形木桌，拜拜祭祖時權當供桌，平時是吃飯、也是我們寫功課的地方。或許桌子太高了，我不愛，總把椅條搬到門口，對著自然光線，坐在小板凳上，我覺得這樣寫字最舒服也最自在。

大廳旁的穀倉，豐收季節稻穀堆得比人高。更靠裡走住著阿公。父母的房間跟我們相連，放了八腳床跟一張古樸典雅嵌著銅製把手的五斗櫃，那是母親的嫁妝。常見母親倚在窗邊，對著櫃上的橢圓形鏡子梳理中長偏分的微捲頭髮，抹上淡淡香氣的桂花油。辛苦拮据中帶著從容淡定，勤儉守著家園，守著孩子。

偏側的廚房，不知是石砌還是土造的灰濛濛大灶，母親在黑鐵大鍋上將生米煮成熟飯，我管灶裡加火添柴。看鍋中蒸氣奔騰，米粒在鍋中翻滾，待無聲響，想必水分已乾，此時以灶灰蓋住柴火，燜片刻，即成。母親打開木質鍋蓋，將飯盛於砵中，鍋底的飯巴是我期待的。我總在預計水乾的時候迅速減低火力，不讓鍋巴太硬，太硬的鍋巴雖香，不如軟軟的香甜好入口。她總撒上點糖，偶爾也會換口味，加點豬油撒上鹽巴，捲起來切成數塊，讓我們姊妹分食，這素樸食物，是我童年記憶中最美好的味道。若母親心情好，給一碗淋上醬油熱騰騰的豬油拌飯，更是令人驚喜。我總在夢裡找尋這再也嚐不到的滋味。

祖先來自閩南，幾經輾轉，在萬里落地生根。北部丘陵地潮濕多雨，祖先隨著地形氣候的適應及建材取得的難易，因地制宜，就地取材，居住的房屋以茅草土角搭蓋而成，稱為土屋茅茨。即一般人稱的土角厝。

居住數代，祖先留下來分到父親手裡的土角厝約有二十多坪。竹片夾著層層茅草的屋頂，堅硬土角磚一層層疊成的牆。房間、廚房、大廳都是泥地。我家居中，右側是三叔家，左側是二叔的範圍。旁邊住著遠房姑婆，與不同姓氏的鄰居，大家互相照應，共用一個大稻埕。

埕前種著叢叢長枝竹做為圍籬，夏日遮蔭可以乘涼，也擋冬季寒風。屋後的朱槿，自顧自盛開。原產於華南地區的朱槿，別名扶桑，又名大紅花，大紅顏色特別討喜。台灣人形容「大紅花嬌毋知」，賴和詩：「竹刺編籬蔬菜圃，檳榔做柵野人家。多少遊春村婦女，一頭插滿大紅花。」大紅花的嬌豔美麗，和土角厝古拙相互輝映，展現庶民在地美樸。

茅草屋頂最怕颱風。每戶土角厝屋前都立著數個高於地面，鑿有圓孔，俗稱颱風石的石塊。常記起夏日午後，忽然下雨，然後又出大太陽，緊接著天邊出現一道美麗彩虹，小孩爭相走告看得高興，特別紅的晚霞也好似在預告什麼。父親嘴裡含著香煙，默默來回踱步，不多說什麼的堅毅神情，就像在告訴自己不能被打敗，我知道，颱風要來了。

暴風雨來得快且急。父親頭戴斗笠穿上蓑衣，帶著繩索與粗鐵線爬上屋頂，將屋頂層層綑牢，尾端垂下的繩子，我們幫忙穿過屋前颱風石的洞口，緊緊繫著，以免屋頂被狂風吹走。

土角厝冬暖夏涼，質樸厚重，只要不淋濕，有人居住又維護得宜，百年不壞。土角磚取之大地，讓赤貧無力購買建材的人有得遮風避雨，廢棄後還諸大地，對環境沒有任何負擔或傷害，是大自然的恩賜，也是人類生存的智慧。土角磚厚重，不宜蓋高，只能留細長窗子，窄小簡陋，但屋內黃暖，給人心安。全家人擠在一起，就是幸福日子。

身為農家女兒，依循著祖先走過的痕跡，我在土角厝誕生，也在土角厝長大。

十歲那年，父親為就近照顧農務決定加蓋一間土角厝。它位於田中小路盡頭，離老家不遠，分隔成兩間，一間貯存稻穀與放置農具，一間作為休息吃飯的地方。慢慢加蓋廚房，砌水缸，做一個大灶，都是父親跟大哥親手完成的。

小小年紀的我參與了這次土屋建造。是年夏天，最後一擔穀子收進穀倉，趁著日照仍盛，父親選一畝泥漿軟爛的稻田，將水放乾。等待泥土稍硬如粿糰時，開始著手自製土角磚。

稻草切成吋段，和粗糠撒於其上，增加土壤的韌性，父親牽進牛隻，不停繞圈，將泥土踩得密實，挖起來裝進以杉木板釘製，三十六公分長、寬二十、高十公分的長方型中空木框，四個角落確實填滿，用腳踩踏紮實，抹刀刮平，取出。一塊塊逐層擺好，利用日曬讓它自然乾燥，三五天翻面一次，數星期才能完全晒乾。遇雨則以茅草覆蓋以防淋濕。從軟癱泥漿變身堅硬土夯，繁複費工，需要人與天共同施作。

備妥足夠數量的土角磚，父兄開始蓋房子，我當助手，搬運雜物煮茶遞水。土磚怕濕，基座以石頭為主，先以鵝卵石砌數十公分的矮牆，再將土角磚一層層往上疊，中間抹上泥漿黏着固定，砌好整片牆壁，最後放上木角材，釘上石棉瓦。約半年，終於大功告成。父好似也長為方正的土角厝，蹲、仰以及蹬高，收容我對未來的想像。

每逢插秧、割稻農忙時期，土角厝特別熱鬧。媽媽在這裡煮「五頓」，早中晚三餐外加二頓點心，餵飽從臨鄉請來幫忙的工人肚子。我們跟著忙進忙出，在外埕幫忙晒穀、收拾碗筷。休息時月亮已高掛天空，螢火蟲漫天飛舞。

風吹雨滲。祖先遺留的祖厝已塌，斷垣殘壁，荒草落花。新蓋的土角厝經過六十年歲月洗禮，屋頂破損，天晴時一束束光線穿過坑洞，照得眼睛無以避閃，雨天屋內跟著下起小雨。泥漿多已脫落，牆壁上大大小小的縫隙，冬天冷風直灌，亦是蛇類藏匿最佳地點。沒有人煙蒸熏的房子壞得特別快，廚房倒塌不復存在，傾斜的牆壁似乎也隨時會倒下來。

土角已經磨鈍，鄰居力勸我拆除重建，蓋一間漂亮的二樓新洋房。腦海不時跳出的阿母煮飯身影及那裊裊炊煙，收割時父親難得一見的滿足笑容，大姊帶著手足晒穀汗流浹背和嬉鬧笑聲；還有當初起造的艱辛過程，細節歷歷，在在留在心底，滿滿都是回憶。雖破舊幾近不堪使用，仍捨不得，不能拆。

會修土角厝的工匠或年邁或已凋零難尋。捲起袖子，憑著記憶，我重複當年工法，爬上爬下。靠南那面倒塌的牆，一塊塊疊好修復；細細抹平泥縫以及歲月的風沙，重現土牆的厚實古樸。

昏暗的土角厝，斑駁中細說著過往。遙看屋外荒廢梯田，彷彿看到瘦長身影的父親彎著腰，犁田、插秧、除草、割稻。我醒做七十歲的女孩，邀請年紀與我依稀的父、兄，一起圍繞土角，成為一間圓圓的厝。

☆（二〇二三第四屆兩岸金沙文學獎三等獎）

增生

夏予浵

我想當一名稱職的姊姊，為妹妹領口打一個漂亮蝴蝶結，為弟弟買棒球手套，傾聽心事，指導課業，為他們打抱不平。我想當個好孩子，長髮披肩品學兼優，乖巧文靜，體貼合群。

爸爸總是告訴我，大姊要有大姊的樣子，要照顧弟妹。每個孩子都要為家裡爭光。爸爸講話的樣子有些嚴肅，像與員工們開會時的訓誡。他所鍾愛的夜來香總在晚間開花，滯悶夏夜嗡嗡著濃郁的香氣。下班後的爸爸是個頑皮活潑的孩子，穿梭於花草間，轉入巷內鑽進旅店的柔軟床褥。我們都嗜追影子；爸爸忙著追逐愛情的影子，媽媽忙著追逐爸爸的影子，我則忙於追爸爸的影子弟弟妹妹的影子別人的影子。影子跨過頭頂就成了我專屬的烏雲。

我很敏感，皮膚因一些磕磕碰碰，傷口也長出了巨大的影子，臂膀手肘腿足浮出一塊塊闇黑沙洲。經年累月，肉瘤細胞不斷分裂繁殖，且愈加立體，終於堆積為一座突硬的孤島。那些跟隨我長大的大小疤痕，像棲止於體膚上的怪異蜥蜴，在衣服下吸附所有的感受。

爸爸總是問我，為何我與其他孩子不同，為何我不像大姊，不如弟弟聰敏，不似妹妹們美麗成績優異。他每每詢問撓抓我，如同被刨刮層層白屑，肉瘤更加搔癢熱燙脹大。明明是經由共通血管相連，體膚卻是相異。我憎惡這歧出的肉團，想除之而後快。

爸爸說，四個孩子他都愛，所以我覺得，我是第一個孩子，理應可以最早被愛。少女時，我將自己鎖在房內，撕碎全校繪畫比賽第二名的獎狀，雪銅紙片羽毛般於記憶裡飄零，我早已忘了爸爸微笑對我說過什麼輕蔑的話，而那塊空白的記憶總在我徹夜未眠時掉出來，黎明就出現了。我想，那必定是我的錯；破敗的課業，黝黑矮小醜陋，反應慢與人扞格。小小的我總是渙散緊張無法專注，上課下課放學間隔著一牆又一牆的空白，就這樣渾渾噩噩地越過一座座校園。我是一大片美麗空白裡唯一的黑漬。

「沒有妳，家就圓滿了！」在一次激烈的爭執中小妹脫口而出。

在這座家庭城堡，我成了悖離規則的多餘，不及格的姊姊，不符標準的女兒。我如何都追趕不上爸爸快速的步伐，始終畏於直視身上的畸異腫塊，總是遮遮掩掩，無力出逃。

「蟹足腫是皮膚過度的敏感反應，傷口癒合後會繼續增生，需較長的時間痊癒，故要小心照護。」醫生檢視傷口絮絮說道。步出診所電動門，人車疾疾，皮膚彷彿一碰即裂，又像黏膜難以割除。

疤，是傷害的紀念物，即便是披上厚重面具仍無以掩飾。於是，我在團體裡孤行，藏身於陰影處。

體質是天生的宿命，每個傷疤都是最美的紋身，我已慢慢接納它是我身體的一部分，並與之和平共生，閱讀書寫鋪起療癒的毯。闔上結痂的回憶，我想問爸爸，他是如何正視脆弱敏感又容易受傷的女兒？

所以爸爸，我是不是你身上的疤。

（二〇二三年七月六日，《中國時報》人間副刊）

夏日

林苓慧

盛夏清晨，橙黃陽光從院子裡挪移進屋子地板上，墨綠七里香圍籬外，那群女人練著拍打功，一邊用力「啪搭、啪搭」一邊閒聊，她們故作低聲的話語伴隨著聒噪蟬鳴飄進屋裡，我知道她們又在說我的閒話。

女人們重養生，成日儘憂心病從口入，卻從不擔心禍從口出，總是口無遮攔：「她一個人可真自由。」、「沒結婚的女人，死了以後可是孤魂野鬼沒人拜。」也有人當面問我母親：「你女兒從沒交過男朋友嗎？別太疼女兒，捨不得她結婚。」看似善意的關心，眼角嘴角卻盡是不懷好意，母親若無其事回嘴：「與其嫁得差，不如在家陪我們，反正家裡養得起。」然而，母親投向我的眼神裡卻充滿著萬分絕望。

當我尚在結婚最佳賞味期限前，每當家裡收到喜帖，母親總會嘀咕嘆息：「為什麼別人家的女兒都這麼好嫁，我們家的女兒就這麼難嫁？」母親總是毫不猶豫的猛踩我的痛處，讓我萬箭穿心。說穿了，一直結不成婚就是因為我的身體缺陷，長短腳，很少有人喜歡走路跛腳的女人。我很有自知之明，薪水低、學歷低，外貌又有缺憾的我，絕非漂亮優雅的時髦女人，但我也不會勉強自己變成正向積極的開朗陽光女。我只是嫁不掉的女兒，只能與老父母共同生活。人老重養生，如同那群勤練拍打功的女人，奢求可以健康地、毫無病痛的死去，所以盡量吃得像癌症病人，低油少鹽，水煮川燙，無滋無味，乏善可陳一如每天的日子，沒有喜怒哀樂沒有高潮迭宕，日子是永恆的暗灰。

我和父母如同活在黑黝黝的地下墓穴中，靜待老邁與死亡召喚。我時時感到快要窒息，沉重地喘不過氣卻也死不了。有時抱怨父母就像二個跳上我背的矍鑠老人，緊緊攫住我的頸子，死命不放。有時又對父母感到愧疚，養了這款沒出息的女兒，無法出嫁讓他們當個風光的主婚人，還得忍受鄰居的嘲弄。

父母相繼離世後，除了悲傷，我其實大大鬆了一口氣。「終於自由了！」雖然我已五十歲，已婚女人的空巢期卻成了我的青春期。清空屋子陳年雜物，換上喜愛的家具，正式過起一個人的日子，痛快恣意地大口喝酒大口吃肉，絕對不養生也絕不運動。我無需伺候老公小孩，獨自待在一個人的世界，不打擾誰也不倚賴誰。那種兒女承歡膝下，全家大團圓的場面固然熱鬧，然而真是幸福嗎？為何那群幸福的女人個個一臉疲憊？我討厭熱鬧，夜晚一邊喝著啤酒一邊看著電視摔角節目，躺在沙發上昏沉睡去，如此無須顧忌、忍耐任何人的自由是專屬於我的幸福。

湛藍蒼穹下，夏蟬奮力嘶鳴，而我像隻瘖啞的蟬，無力出聲。那群練完功的女人一邊嚷嚷：「好臭！是不是有死老鼠？」一邊各自散去。我依然靜靜地躺著，在客廳空酒瓶散落的地板上，盡情腐爛著，度過第五個無人知曉的夏日清晨。

（二〇一四年一月二十三日，《聯合報》副刊及《世界日報》）

潮去餘光

蔡莉莉

回到加州，才覺得後中年的自己像調色板上堆積的油畫顏料，表面膠著，內裡依舊柔軟。

洛杉磯白晃晃的太陽，像從大錫管裡豪氣擠出的白色油彩，以涼風調合，散發出乾草揉雜星星茉莉的熟悉氣味，天空依然是高畫素的純藍，直角切割的草皮像是貼上的厚地毯，路上不見行人，偶爾點綴一兩輛路過的汽車。面對這景象，有關這中間不在的三十年，突然像潮水一般向我湧來，是村上春樹《聽風的歌》：「很久沒有感覺到夏天的香氣了。海潮的香、遠處的汽笛、女孩子肌膚的觸覺、潤絲精的檸檬香、黃昏的風、淡淡的希望、夏天的夢……。但是這些簡直就像沒對準的描圖紙一樣，一切的一切都跟回不來的過去，一點一點地錯開了。」

多年以前，某一個時間點決定了生命的底色，我的人生路徑從此不是在許多人想盡辦法前往的路上直線延伸，而是自軸心往外輻射，以至於後來的我，無可避免地切換於不同時區不同場域不同幣值之間。此刻，重返不老異地，我深深地認命，不是每一條魚都憧憬大海。

一九九一年夏天，我住在洛杉磯東郊，像初來的留學生一樣，清晨和黃昏提著畫具等公車，遊走於住處與學校之間。在學生餐廳吃甜甜圈配咖啡，在戶外大傘畫速寫，在美術史幻燈片燈箱牆站成一棵樹，生根一般。美術研究所是個有意思的地方，各種人，各種媒材。大部分作品很難懂，看不出意義，也領略不到美感，但嗅得到態度，是批判，和顛覆。置身其中，確實覺得自己是藝術的一分子，不由也熱血起來。我順應著改變，一點點的重塑自己，想融入那種 *everything is possible*「我說它是它就是」的異質空氣，想變得更沒有界限，更脫離從前在學院裡孜孜畫著人體模特兒的那個古典的自己。

總之，那時候的種種，帶著光芒帶著刺，像青春。但後來，這些滿溢當代藝術質地的作品，都像是留學生活的殘餘，少數裝箱海運回台，大部分皆閉眼投入垃圾車。回想起來，不無可惜。

洛杉磯的日子如同前世，我在台北真真切切地生活著，畫展，出書，旅行。如今，結束教職生涯，像原地自轉多時的陀螺突然停下來，茫然四顧，不確定該靜止還是轉彎，只知道人生朝著黃昏的方向走去。

不必在兩種生活之間轉換的日子，像是開著一輛任由設定的自動駕駛車，自然醒，無羈，去哪裡都好，過著一種不同於我所熟悉的奢侈揮霍時間的生活。爬山前，儀式性的到登山口買一杯京都拿鐵，或在獨立書店坐一下午，讀讀寫寫。生活縫隙填入畫架前的勞動，間或重訓跳佛朗明哥，完成一個星期的生活循環。漸漸地，安於島內移動，漸漸地，不想把手腳長時間疊收在緊閉的機艙，洛杉磯也成了時光隧道另一頭的回憶。

今年初夏，為了探視親戚，我去了洛杉磯。重返華人聚居的城市，我熱切地張望和三十年前沒什麼不同的街市，店家招牌卻十分陌生地回望我，就像誰趁我不注意的時候改寫了我的記憶。學生時代常去的那些餐廳幾乎已經消失在世界上，抵得住歲月沖刷的只剩賣蔥薑大蟹的新港海鮮，和生意好到每年公休就是一個月的越南河粉。

洛杉磯就像一個提供庇護的防空洞，聚集各國移民，輕易便可嘗到道地的異國美食。此地移民的生態比例，大致隨國際政治情勢而更動，日本人香港人台灣人大陸人韓國人……。來來去去，如波似浪。昔日台灣流行的小留學生如今皆已中年，當年開車接送小孩的台灣媽媽也俱老去，消費人口結構的變化，使得附近大型購物商場裡童裝女裝的相關店家也隨之式微。

想到加州這兩個字，腦海就浮現全然的燦亮，那是陽光，沙漠，大海。在我離開之後，加州成立了約書亞樹國家公園（*Joshua Tree National Park*），離洛杉磯不遠。約書亞樹的外形大約是仙人掌加上棕櫚樹的組合，委實奇異，看起來就像毛筆畫壞的鹿角枝。那種不管比例不考慮方向不在乎姿態，這裡那裡自行伸展成一個世界的長法，彷彿發表勇敢做自己的宣言。約書亞樹生長速度奇慢，像是跳針的唱片一樣重複的長，長著長著就歪了，長著長著就斷了……。是以約書亞樹多半不高，偶有幾株略具大樹架勢，樸拙如雕塑，總引人凝神注目。踩著黃沙，走在高低錯落的約書亞樹之間，就像一腳踏進西洋棋盤。到加州沙漠才知道，約書亞樹是此地獨有的莽原珍稀，很年輕，同時又很老很老。

走在從前常去的聖塔莫尼卡海灘，我瞇著眼，看著一波波的海浪，往復相隨，就像人一生的腳步。想起美國作家海芮特．多爾（*Harriet Doerr*）在〈四點退潮〉寫的：「我使出渾身解數，用盡意志的力氣，命地球暫停旋轉，定住太陽，挽住潮汐，以便給我足夠時間，把這退潮畫下裱起。」突然明白，這個豐美，乾燥又寂寞的城，早已在我的生命裡定格，成了後來人生自畫像的基調。我彷彿拾回某種自己不知道失去的東西，如潮去之後那一道隱隱的餘光。

（二〇二三年七月二十四日，《人間福報》副刊）

聚散

鐘佩玲

夜裡，腦中不斷浮現她寶藍色的身影。我翻來覆去，怎麼也睡不著……。

那年*SARS*結束，我完成住院醫師的訓練，接獲晉升通知，卻得跟先生分隔兩地，我們從大學就在一起，才新婚不久。先生很支持我，他說明年分院若有缺額，便能在新竹相聚。於是，我收下人生的第一份聘書。

初來乍到，即便二十九歲了我仍手足無措。

醫院和宿舍位於城市邊緣，沒有交通工具，彼時也沒有手機，要到哪裡買飯、哪裡買掃把和衛生紙？更急迫的是陌生的工作環境，沒有一個說話的朋友。我呆坐沙發上，最初令人欣喜的三房兩廳，此時顯得過於空曠而安靜。儘管週末先生會開車前來小聚，但我更愛搭巴士回台北，享受熟悉便利的一切。聽我在電話線一端鬱鬱寡歡，先生說，不如買台車吧！

我接受先生的提議，獨自去看車，在眾多小型車款裡看中福斯的*Lupo*。我完全不懂車，純粹欣賞她優雅活潑的外型：寶藍色的烤漆，大大的圓型頭燈亮起來像一雙眼睛，後窗有對小巧雨刷。簇新的內裝是樸實低調的黑，關上車門時，厚實的聲響讓人很安心。

交車那天，我接過鑰匙，坐上駕駛座，雙手握著方向盤，彷彿又有勇氣面對人生。

現在回想，當時的我真是大膽，十八歲考取駕照後，第一次上路便是將小藍開回宿舍。剛出車廠不久，我錯把油門當剎車踩，差點撞進路邊民宅。白天的小擔憂在夜裡放大，頻頻上演剎車失靈的惡夢。

有回搭醫院學長的便車，我見他一派輕鬆，不禁羨慕地說：「開車好難喔！」學長回我：「開車就像開刀一樣，多練習就會了。」

那時除了開車，手術是另一項挑戰。住院醫師時期，我已熟記開刀的步驟，但來到分院，得一個人面對成敗。學長的話給了我信心，雖然手術前一晚仍常失眠，開車方面倒意外順利：從忐忑不安、車身左右飄移，到原來認為很困難的路邊停車、上快速道路或高速公路也沒問題。我深刻體驗何謂「駕輕就熟」。

有了小藍，上班便能早到，我常悠哉地躺在駕駛座聽音樂或廣播。每台手術都順遂的日子，我會開著小藍到百貨公司血拚，再把戰利品全塞進後車廂。漸漸和同事熟絡了，可以順道接送他們往返醫院和宿舍。後來又找到幾個同在風城打拼的老友，下班相約晚餐，向彼此訴說工作的甘苦。

最難忘的是，小藍陪我去了一趟很遠的旅行，她像一雙翅膀，載我離開窄仄的生活圈，飛向嶄新開闊的天空。每每坐上駕駛座，手握方向盤，就覺得這樣的自己很帥。

隔年我懷孕了。分院沒有缺額，先生只得去更遠的斗六，我悄悄拭去淚水，繼續門診與手術的工作。直到兒子滿兩歲，全家終於在台北重聚。因家裡不需要兩台車，便把小藍放在中部娘家。回娘家時，我喜歡開著小藍出門轉一轉，重溫專屬我倆的親密時光。

好多年過去，小藍輾轉又交給弟媳，最後落腳姊姊家。儘管她不在我身邊，總有親愛的家人看顧著，讓我毋須掛心。

最近聽姊夫說，小藍的車門搖搖欲墜、電動窗故障、內部膠條脫落……等。*Lupo* 早已停產，零件取得不易，修理花費可觀，又說車體維持得很好，報廢可惜不如轉售。我想也是，便託他處理。

隔天夜診剛下班，就收到姊夫傳來的簽約書和小藍的照片——小藍和其他待售的車子並排在空地上。我先是錯愕，旋即一陣感傷——想起無數個夜晚，靜寂空蕩的停車場，只剩小藍默默地守在角落，等我下班。

我氣自己做事莽撞、思慮不周，以為可以瀟灑放手，卻在轉身後才感受到強大的後座力。

多想趕去車廠，再看她一眼。可以的話，讓我最後一次坐上駕駛座，啟動引擎、調整後照鏡、搖下車窗、動動雨刷，把每個開關細節都摸一遍。我甚至萌生將她買回來的念頭。

那夜，腦中不斷浮現她寶藍色的身影。我輾轉反側，索性起身，在黑暗中打開手機——陽光下，寶藍的車身閃閃發亮，十九歲了，她仍是那麼的美，色彩獨特、充滿自信。再仔細看，那雙圓圓的大眼睛彷彿在對我說：「主人，這樣子就可以了喲！」

謝謝妳、謝謝妳……。

我流下放心的淚，緊緊地將她擁入懷中。

（二〇二四年四月二十九日，《中華日報》副刊）

遺忘

翁士行

鍾梅音的：「若我不能遺忘，這纖小軀體，又怎載得起如許沉重憂傷……。」訴說有意遺忘卻又刻骨銘心的感受。而無意的遺忘往往在一陣風飄過或兩次呼吸間發生。

小學三年級的一個早晨，咆哮般的雨聲溜進夢境，將我拉回現實世界，驟雨代替鬧鐘喚醒了我，還好，有母親的早晨，總是溫暖的。

賴床片刻，我起床走到房門外，母親忙碌的聲響不絕如縷。餐桌上的早餐正置身裊裊雲霧中，等候我們幾個不更事的孩子囫圇吞下。客廳沙發、茶几上的水壺、雨衣……也在安靜等候。

我睡眼迷濛拖著步子，回房穿上制服，拎了唯一需要自己準備的書包出來，在母親的催促下匆匆用過早餐，穿上黃色達新牌雨衣、雨鞋，提了水壺，就和小姊姊縮進雨幕裡。

從家到小學約需步行十五到二十分鐘，大雨不斷打在身上，我們悶著頭走，偶而說幾句話，也得提高嗓子。

約略過了五分鐘，隱約聽到背後有人喚著我的小名：「小莉！小莉！」回頭一看，噢，是媽媽。

遠遠的，媽媽一隻手撐著傘，一隻手將我的書包舉得高高的，讓我看見。才發現雨衣裡，我的肩膀上沒有書包的重量。往回走，背起被我遺忘的書包，繼續向前，專注向前，往學校的方向。我沒有回頭，只因不忍望見母親有些蹣跚的步履。

這時，母親已中風四五年。自從母親中風，有一種東西就躲藏在心裡，伴著我長大，它有顏色，是一種伸手不見五指的深黑色。媽媽在雨中追趕我們已遠的腳步，又在後方呼喊穿連帽雨衣的我們，不知多沉重，令我愧疚自責，那深黑東西瞬間漫延、暈開……。

再沒有忘記帶書包上學，直到我成年，媽媽到天堂去。

往後些年，婆婆也總會提醒我的遺忘，甚至在她最後住院的日子裡。日復一日，我在結束一天工作後，伴著暮色踏進醫院，探望接近生命尾聲的婆婆，蒼白無血色的臉，是那麼削瘦，與她因積水隆起的腹部，形成對比。水停滯不前，代表生命之河逐漸壅塞，我雖渺小，卻像秋夜裡的螢火蟲，在越深黑時刻，越顯重要。

這天，下著雨，原本昏沉沉的婆婆，知道我要離去，睜大黯淡無神的雙眼在視線可及處搜尋，果然，被我遺忘的雨傘悄然現形。我帶著歉意走到窗台拿傘，柄是涼的，心是暖的。「謝謝阿母！」我對她說，她以虛弱的眼神回應。

這是婆婆最後一次聽到我謝謝她的提醒。瞬間的遺忘，再一次幻化為長時間的記憶，與我在人間共舞。

婆婆離世後，我們每週回去陪伴公公，準備離開時，公公帶著婆婆一樣的神情，掃描廳裡每一角落，用一樣的語氣，讓我把東西帶齊才離開。

忽忽又過數年。不久前的清晨，打算出門遍尋不著摺傘，想它應隱身於公公家，更想起一段日子來，我的帽子、眼鏡和手提袋都陸續暫住公公家，才驚覺八十多歲的他忘記提醒我了。原來，我的「遺忘」，在無情歲月裡逐漸失去所有來自長輩的提醒……。

於是，透過文字，我冰凍終有一天會超過記憶有效期的「遺忘」時光，解我思緒。

紗門外的小板凳像在對我招手，該去外面晒晒太陽了。

（二〇一三年五月十二日，《聯合報》副刊）

輯二——時間的縫隙

舞蹈課

洪雪芬

舞蹈老師面對鏡子，站在最前頭示範動作，一二、舉雙手，三四、踩右腳，五六、左腳滑步，七八、旋轉，重複幾次練習後老師播放舞曲，重低音透過喇叭碰碰碰的響。

教室不大，老師經常把學員分成兩組，一組跳完換一組，可以輪流休息和互相觀摩。「一二三四五六七八，二二三四五六七八……」她邊數拍子邊回想老師的動作，鏡子裡映照出她拙劣的模仿，每個拍子都遲遲疑疑，不確定下一步在哪裡。

她在這間舞蹈教室已經上了好幾期的課，剛開始學舞時，經常記得手的動作就忘了腳的，手腳一起動的時候各有各的意志，腦部傳達到手腳的指令沿著神經一路丟失細節，總是無法流暢的完成，她跳起來的樣子和老師的示範動作差了不止一點點。第一堂快下課時，老師走到她身邊，幫她壓背時輕聲地問：「覺得還好嗎？」「還可以呀！」她以為老師說的是俯身彎腰的收操動作。老師有些躊躇：「如果……覺得跟得有些勉強，可以去隔壁教室的有氧班試試看。」

她從小就肢體不協調，更糟糕的是不會數拍子。學校運動會的班級踢正步遊行，走著走著全班踩右腳她踩左腳，明明出發時和大家都是一樣的齊步走，為什麼自己一二一二的踩著踩著到後來錯亂了呢？

這個週間早上開課的流行舞蹈班，來參加的學員大多和她一樣，孩子在學校上課的家庭主婦，零星有接近中午才要上班的店員或輪班的單身女性，學員的背景都差不多，加上有幾個會帶氣氛的大姐，很能聊些家長裡短，上起課來開開心心的，她也不怕人家笑，咬著牙跟了幾期課，漸漸的動作順暢了，拍子也勉強跟得上。

前幾期的分組練習，每次輪到她的組別休息時，她經常一邊靠在把桿上喘氣，一邊透過反射的鏡子尋找 *Carol*。*Carol* 總是站在教室的右邊角落，每個舞蹈動作都完美的點在拍子上時，臉上會出現睥睨的表情，像是宣告一切都在掌握之中，那個神色和節奏感強烈的舞曲配合得剛剛好，使得曲子裡的每個重低音都像敲擊在她心臟，讓她心跳加速撲騰。

Carol 不笑時看起來有些凶，讓人覺得不好相處，她之前從來沒有和 *Carol* 說過話，直到有一次發現 *Carol* 跳錯舞步，露出了不好意思的神情，像個小女孩似的；那笑容一閃而逝，純真又甜美。她便不由自主地在休息喝水的空檔主動找 *Carol* 搭話，想要再次看到 *Carol* 嚴肅面孔下的天真笑容。

這一期她被分到和 *Carol* 同組，就站在旁邊，練習時面對鏡子，方便隨時修正自己的動作，但她總是不能克制的瞟向鏡子裡的她，在眼神幾乎交會時閃躲，這讓她的動作更慢了，老是拖拍。*Carol* 有一次在下課後傳 *LINE* 給她：「今天教的第三個小節第二拍，應該要先踩左腳，你踩成右腳啦！」

「難怪我每次都快撞到妳！哈哈！今天教得好難，拍子都跟不上。」

「你先把動作練熟，拍子就會跟上了。」

「你都有在家裡練習嗎？」

「當然要練呀！這首歌的動作比較複雜。」

當對話沉寂下來，她總是反覆溫習兩人之間的談話，試圖在每個字裡看出新意，努力找出下次對話的話頭。她保留著一段一段對話，從不刪除，由 *Carol* 頭像的對話框點進去，是一長串的你來我往，如果忽略每段對話下面的時間顯示，就像她們有許多話總也講不完似的。

「你和誰在傳訊息？」肩並肩坐在沙發上的老公突然湊過來。

「舞蹈課的同學。」她將手機螢幕對著老公。

「你們這些婆婆媽媽真多話好說呀！」老公說完又把視線移回電視，螢幕上刺激的飛車追逐仍在繼續。

婆婆媽媽確實話多，都是一些無關緊要的話題，內容也不是重點。*Carol* 只是恰好出現在同一個舞蹈課程，課程以外的世界那麼複雜，沒有人會領著她反覆練習曲子裡的每個動作直到不出錯，好不容易能跟上拍子，她實在不想再自己一個人學新舞曲了。

她知道，只要自己緊緊的閉上嘴，就不會洩漏什麼；她想起上次陪老公看的3D電影，迎面而來的飛車眼看著就要甩到臉上，她甚至緊張的忍不住抬起手阻擋，其實人還坐在柔軟穩固的沙發椅上，不會有東西真的砸下來。

她曾經在給*Carol*的訊息裡寫過：「我最愛你了！」還找機會在對話裡丟出一張貼圖，讓手機螢幕裡撒下繽紛的愛心，卻也知道沒有人會認真地看待愛心裡是否有真心。這一期的最後一堂課，她跳著已經熟練的動作，把積攢在體內熱騰騰的情緒用力的、甩在拍子上，當身體跟著音樂停在最後結束的姿勢時，她和*Carol*背靠著背，感覺到彼此的潮濕溫熱，她喘到說不出話，只好將自己狂跳到有些疼的心臟緊緊地握在手裡。

（二〇一七年十月九日，《自由時報》副刊）

對手

廖桂寧

1 濕

掌心裡像是有個源頭，源源不絕地向外湧出泉汁。

她多希望放在包裡的手帕，此刻夾在這兩個手掌之間，吸附住汨汨湧出的汗水。偷偷地望著他的臉，想察看是否有無一絲的抽動，不悅的表情。

「妳該去手術。」

「啊？」她反應不及，抬頭望向他。

「做手術，」他說：「妳手汗的問題就解決了。」

他這麼說，是在嫌棄她嗎？望著眼前的這個人，她一句話也說不出口。

「妳為什麼一直看著我？」他出聲打斷她的思緒。

「啊？沒……」她心虛的回答：「不好意思，我的手很濕。」

他微笑，搖了搖頭，什麼也沒說，她演練了多次的那一幕對話，也沒出現。手心湧出的汗水，順著他們掌縫間滲出，沿著她的手掌側邊流向手腕。

她偷偷瞄了一下，包覆在她濕淋淋的手掌上的這隻大手，動都沒動。

「不好意思，我……擦一下手。」她再也受不了了，將雙手抽回，用力的將一手的汗水擦在裙子上，印出兩片掌痕。

被抽出的手掌輕輕垂下，就這麼順著姿勢擺著，連指頭都沒有動一下。

你不擦手嗎？她很想問他。

唉，應該別來的。她對自己叨唸了起來。

「晚上有事嗎？」早上，他特地來邀約，今天晚上有社團活動。她答應了。

沒料到是這樣的內容。音樂一下，她便開始坐立難安。千萬不要是他走過來啊，她心裡吶喊著。但偏偏就是他，一臉笑容的走向她。

「嗯。」他的手掌就這麼的攤在她面前。

時間必定暫停了有一世紀這麼長，她遲疑著是否要將手伸出去，一動也不動，就要演化成化石。手心明明還是乾的，此時泛起濕意。不要啊，她暗暗叫著。

「嗯？」他將手向前移動，更貼向她。

才將手放上，她就後悔了。她感覺到，手上的濕氣，全部滲向他乾爽的掌紋中。即便眼神保持鎮定，心跳維持正常；這雙手，就是不聽控制，只有手會背叛，違反她的意志，洩漏她不願意曝露的訊息。

向她主動邀約的他，此刻該是萬分後悔。她想。

視線落在他垂下的指尖。

水去了哪裡？她在心裡問著。一時之間，她不知道該不該舉起貼在裙子上的手。

「來。」他笑著將手心向上攤著，向她遞了過來。

遲疑了一秒，她將手擺上。

「怎麼這麼久？」她轉頭望向擴音機抱怨著，耳邊的舞曲，像是跳針般反覆不停。

「呵呵，妳累了嗎？等一下，再兩遍就結束了。」他像是哄著小孩，語帶輕柔。

她感覺到：汗水又流向腕裡，其中一滴沿著交叉的指尖轉向他的指尖。她好像聽到了，那滴汗水由指尖垂墜，啪地摔落地面。

2　手相

好亂。

他望著距離眼睛二十公分不到的手心，久久不能闔嘴。平攤的掌心像是一塊未整過瘠涼荒地，縱橫交錯的細紋幾乎和主線同樣的深；密密麻麻的覆著網，彷彿要封鎖所有的祕密，生人不得窺探。

他看不出來。

這和他原先排練的結果不同。昨晚，他研究了一晚《手相大全》，女孩子最喜歡算命了，藉著看手相的機會，可以拉近彼此距離；聊出對方的喜好、性格。前天召開的家庭會議，家人規劃的約會策略。

但是書上沒有這種相。

什麼生命線、智慧線、事業線……全部隱在這一片紛亂的網絡中。想開口，劇情卻朝著先前未曾排演的方向前進，張開的嘴裡，只剩下乾裂的空氣。

「妳的工作能力很強吧？妳的事業線很長。」大姐說，先挑漂亮的線來說。對方一聽到，必定開心的微笑：「沒有啦，普普通通。」嘴角上弦月亮著。

他從口袋中掏出一方手帕，急速地拍拭額頭上的汗珠。

「妳的心思很複雜……」書上是這麼說的。

「你是說城府很深吧。」女孩哈哈的大笑起來。

他微微的皺了眉頭。

計劃中，她應該會笑。但不是這個時間點，他有準備一個笑話，看完手相後，他就要講這個笑話，在他看完女孩的感情線後……但她笑了，這不在他的安排內。按照沙盤推演，女孩微微的輕揚嘴角，張口大笑代表著什麼？他搞砸了嗎？他深深的吸了一口氣。

「妳很重感情……不然就是有很重的情感糾葛……」大姐不是提醒過：不好的，別說？

唯一分辨得出來的感情線，像是一環扣著一環的鎖鏈，粗厚的由掌側邊劃成一道弧線，奔向中指與食指間的出口。

太亂了。紋路。

他再次將手帕按壓額頭，順著手帕由左向右滑下時，噓了一口氣。

「還有呢？」她問。

「我……我看不出來……」

她將手抽回，握住自己前方的玻璃杯。吸了一口果汁，看了腕上的錶：「時間還很早，天氣不錯，我們去河濱公園騎腳踏車。」

「我……我沒準備……」他像受到驚嚇的小鳥，慌張的看著女孩：「我們下次再去好嗎？」

桌面下的手，緊緊握著一本書，因為突然的力道，曲成S型。

原先說完笑話，就該把書秀出來；他套量好的約會橋段該是這樣，他們愉快的討論這本書，女孩也許沒看過，但沒關係，他會說給她聽。他反覆演練了對於書裡看法的言論。

腳踏車?!她為什麼不能照劇本來？

「那個……書……我……」

「我想騎腳踏車。」她眼角輕瞄了書本一秒。

「不然，我們就地解散好了，下次再約囉。」（他需要準備什麼？）她隱藏著不悅的情緒，給他一個極度誇張的微笑。

「可是……我……我今天都計劃好了……我們……聊書……我……我想……我們晚上……我想邀妳來我家晚餐……我母親已經在準備了……」

「啊？」女孩呆了一秒。

「不好意思，我晚上跟人有約；我以為我們只是相約下午茶。」

「可是……可是……」他漲紅著臉，不知該說些什麼。

亂了，都亂了。

（〈濕〉，二〇〇八年六月二十九日，《中華日報》副刊）

（〈手相〉，二〇〇九年四月二十二日，《聯合報》副刊）

因為愛情

鍾育霖

1　準岳父的告別式

告別式這天，我坐最後一排，女友身著黑袍，站在會場前面。看她憔悴的樣子，我很想在她身邊支持她。

儀式行進到拈香，眾人依序排隊致意。會場人數很多，我又是最後一輪，生理現象憋不住，一拈香完，便急奔廁所。

回到會場，裡頭僅剩一位阿伯坐在最前排右側，女友人呢？穿過中央走道，到達阿伯身邊，隨著阿伯的目光找到了女友。她和家人們在後台，圍著棺材啜泣。再來應該是要推去火化了，於是我站在阿伯身邊等候。

他們隨著司儀的指示走出後台，往門口走去。正當兩排人走到中央走道的時候，司儀突然叫停，並請他們回頭……怎麼了？我正想跟過去。

接著，棺材推出來了，司儀開口：「現在開始釘棺儀式。」什麼？釘棺？怎麼沒人跟我講？啊，司儀一定是在我上廁所的時候宣布此事，難怪會場人都走光了。頓時陷入非常尷尬的局面，靈堂的出口就在中央走道的盡頭，現在卻被兩排家屬給塞住了，我根本出不去。不過沒關係，旁邊還有個阿伯，尷尬的時候有人陪著你，你的尷尬就會顯得沒那麼尷尬。

然後，我眼睜睜地看著司儀把釘棺要用的斧頭，交給我身旁的阿伯。

原來你是負責釘棺的長輩啊！

我怎麼會在這裡？我為什麼在這裡？不斷對司儀擠眉弄眼，期望他看懂我的暗示，讓我離場。但他完全沒理我。

「子孫有孝順無？」「有喔！」

只好跟著大夥雙手合十，一起祈禱。我絕對比他們虔誠，只是他們祈求冥福，我則是冒汗禱告時間快點過去。場面實在太詭異，我竟然比家屬還要靠近往生者。

「好，所有晚輩跪囉。」

到底該不該跪？還沒結婚，不是晚輩，何況我和準岳父關係根本不好，到底要不要跪？內心的猶豫體現於雙腿，那兩秒我做出數次微深蹲，最後心一橫便跪下去。

釘棺儀式終於結束，一群人跟著棺材走向火葬場。女友因為生肖關係，獨自留在外面，背對火化爐。

我終於可以站在她身邊支持她。她輕輕將頭靠在我的肩膀，我順勢摟著她。此時蟲鳴鳥叫好像都停了，世界只剩我倆。

女友很感動，一般人非常忌諱的釘棺儀式，我竟全程參與。直到現在，我都沒有告訴她，不是不怕，只是來不及走。

2 準岳父的病榻前

準岳父討厭我，我也不喜歡他。

一天，女友下午臨時請假，翌日我才知道發生什麼事。那天上午，準岳父腹痛嚴重，他們到平常去的診所，診所說這情況要去大醫院，進了醫學中心，什麼都來不及講，直接進手術室，數小時後醫生用盤子盛著胃出來。整個胃部硬化，只能切除。

是胃癌末期，剩下時間不多。之後，每天接女友下班去醫院。我自知被討厭，所以總在會客室等候。

然而，某天被準岳父發現我躲在會客室，只好硬著頭皮探病。掀開隔簾，只見他和氣地說起自己的病況，我則客氣地應付他的話語。

他似乎不討厭我了？但我還是不喜歡他。他的阻撓，讓母親離世前無法看見我成家，我心裡有怨懟。

病情惡化得很快，準岳父漸漸消瘦，皮包著骨，連話都說不太出來。我感覺到，那會是最後一次與他談話。

趁著女友不在，掙扎許久，一段沉默後，終於開口。

「爸。」

他嚇一跳，望著我。

「不要擔心，我會照顧她一輩子。」

「好。」

換我嚇一跳。接下來，我們都沒說話；我想，也不用再說什麼。閉起雙眼，感受這片刻。似乎，心中某股狂亂的火焰，隨著寧靜而滅盡。

3 空白的物慾

每年生日總是伴侶頭痛的日子。

給女友的禮物很簡單，錢包、背包、肩包，象徵她的一切我全包。每年總會有個包壞掉，這也難怪，我送的都是便宜貨，便宜貨總是出包。

但輪到我的時候女友就很困擾，我沒什麼物慾，也可以說世上幾乎沒有什麼物質可以滿足我。

「有妳就夠了。」每年我都這麼告訴她，可對女友來說不夠，她總想著為我付出點什麼，給點什麼我想要的東西。問題是，我真的什麼都不想要。

生日前夕可以感覺到她的焦躁，那真可愛，其實有這份心意就很好。不過，看她焦慮我不忍心，那年冬天，我直嚷著搖桿不靈敏，很想換一個。那是甜蜜謊言，搖桿還能用，就算壞了我也會修。

今年生日，我握著那年的搖桿一個人慶生。

沒有家的我，曾想建立一個新的家，最後一敗塗地，鬆開了她的手。

要是當時再堅持一點，現在握著的，會不會是她，而不是搖桿呢？這隻搖桿，好像也開始接觸不良。或許，是時候放開這隻搖桿，再買另一支給自己了。

（全文分節於二〇二三至二〇二四年《聯合報》家庭副刊）

時間的縫隙

鄭娟

1 基隆山之戀

老家有台電唱機，擺在架子最上層。曲盤轉動，放上唱頭，音樂隨之流洩。厝叔老愛播放一首節奏輕快的台語歌，跟著哼唱，一人分飾男女兩角。

「基隆山ㄟ基隆山ㄟ阮的愛人仔放揀我ㄟ」

「你是嫌阮面容歹看，抑是嫌阮做鱸鰻（抑是嫌阮落煙花）」

俏皮直白的歌詞，雙方互相鬥嘴，不若港都戀歌一貫的悲情。日後才發現是自己想當然爾的謬誤，基隆山其實不在基隆，它位於新北市瑞芳區。早年瑞芳隸屬基隆廳，日治時期以基隆山為界，劃分出金瓜石及九份的礦權，和另一相鄰的武丹坑號稱為台灣三大金山。

「青樓業者，聞風亦至，酒女與陪宿婦，樹艷幟於此間。」史書上記載著礦區的往日聲色，投身其中的，多半是貧困且教育程度不高的礦工兒女。九份耆老憶起當年曾流傳著「男人當流氓，女人墮落花」說法，歌裡描述的即是礦工地區的現象。

「阮無嫌你面容仔歹看，就是嫌你太拖沙（但是嫌你較貧惰）。」

「有時星光有時月暗，阮欲閣娶（嫁）有別人。」

雙方以個性為託詞婉拒，雖一時淪落，但未來若發達了，對象可是任我挑選。話撂得暢快，但在這些貧瘠多雨的山城，階級流動的速度比想像慢。

日治時期出生的爺爺，戶口名簿上登記的職業是瑞三金礦坑夫。帶著全家從金瓜石、九份遷徙至武丹坑，沿著礦坑發展的路線遷徙。爺爺的兒子，我的父親，仍舊是礦工，只是從挖黃金改成了煤炭。

好不容易到了尾叔，總算不用挖礦。並非他有過人的學歷，而是緣自一段年少時期，在礦業鉅子家裡打雜積累的情分，破格擢升為督察員。

尾叔當年有個同樣出身礦工家庭的工廠女友，即使已跳脫煙花女與流氓的組合，但論及婚嫁時，女方家長藉著高額聘金斷然逼退，直言不願自身遭遇複製至下一代。他單身了幾年，表面無傷，還是隨時可以從口袋變出牛奶糖的魔術師。

連年災變，人口外移，小學缺錢也缺人，除了念書再無其他才能的我，被迫參加校際比賽，與城市裡裝備齊全的對手交戰。全區即席演講，我抽到一個從未見過的講題，排前一號的女孩，口條清晰，配合流暢手勢，優秀得讓我連號次都報錯，經糾正之後，既羞且窘，直至時間結束，說不出一句話。

比賽後出車站，刻意沿著廢棄的運煤軌道來回繞，努力忘掉評審老師憋笑的臉，等眼淚流完再回家。迎面走來趕著搭車的尾叔，什麼也沒問，突然從口袋掏出一盒牛奶糖塞給我，說：莫閣哭矣。

生長於此，不見天日的暗鬱，從未隨著因塵肺症逝去的父執輩而消失，胸腔內科病房的咻咻呼吸聲，仍迴盪於無眠時分。儘管未曾踏入礦坑，我卻一樣活得灰頭土臉。

最後我們都離開了，留下廢棄的礦坑和儲藏室裡鏽蝕的電唱機。

2 鐵道少年

照例，告別式後得往人多的地方走動，去晦氣。正午十二點半，美食街座無虛席，招牌字體微微顫抖，拉麵圖片隱約浮動，哭掉了一只隱形眼鏡，世界也跟著變形。眼前，湯碗內人間煙火，碗外盛裝虛無，分隔了陽與陰。

「家屬不希望這是場煽情的喪禮，那些跪著爬進禮堂的習俗都免了……」突來的麥克風回授打斷司儀話語，而高掛靈堂正中央的面容仍舊鎮定，略帶腫脹疲憊的臉，和印象中的清秀俊朗不同。

我們曾同住一個屋簷下。老家就在火車站旁，中間隔著幾條運煤鐵道，是礦業沒落後殘留的遺跡，鐵道盡頭連接水泥橋，橋那端便是學校。怕同學看見，堂哥幫我背書包只到橋頭。

他是家裡的么兒，在我們姊妹面前卻要學著當哥哥。

「喊他哥哥的請出列。」跟著司儀的口令，我們姊妹排成一列，上香、獻花、鞠躬。家屬答禮。同樣的流程記憶猶新，而我們的位置互換，在母親的喪禮。

母親離去不久，傳來哥哥生病的消息，同樣的病症，關心卻害怕再度觸碰恐懼。到醫院探病，他一派自在，沒有人願意先開啟沉重的話題，光說些言不及義的生分場面話，然後揮手道別。

早在小學畢業後，他便跟老家道別了。為了獨子，伯父決定舉家北遷，留下中學尚未畢業的堂姊託親戚照顧。剛開始他每個週末坐火車回來，漸漸地，一年只見一次了。

升上專科前的暑假，到伯父家作客，那是「七匹狼」正紅的時代，哥騎著「名流」一五零，載我這鄉下孩子前去朝聖，我直覺地將雙手搭在他的肩上。

「哥哥沒關係，如果是別的男生載你，你把手放在他肩膀上，這樣很不給面子。」他老練地說。電影似乎吸引不了他，菸一根接著一根抽，煙霧繚繞中，哥變得陌生了。

再見面時，我準備結婚了，這時他跑印刷廠賣機器，主動幫我打點好喜帖。接著好長一段時間訊息微弱，他在對岸工作，和妻兒分隔兩地。

兩個未成年的孩子分立在靈堂兩側答禮，礙於輩分，大嫂只能坐在觀禮席，全身黑色裝束的她，比平日更纖細。年初三，伯父八十歲壽宴那日，大嫂身旁坐了個面生的人，我以為她邀了娘家弟弟，直到那孱弱削瘦的男子開口，周到地發給每個孩子紅包，我才會意過來，那是堂哥。

終究斷訊了，兩個禮拜後。

趕至靈堂時，遺照來不及送達，桌上僅立著牌位。空白的位置，該填補些什麼？隨著年月，他的容貌堆疊了好些層，浮在上頭的是小學時的模樣，頂著平頭，穿著長筒運動襪的高眺少年。

「書包背不動喔？」少年笑問。

接著一把抓過我的書包，往自己肩上放，交叉背著紅綠各一個。腳上帆布鞋踩著輕快步伐，沿著布滿煤屑的鐵道向前走去。

（〈基隆山之戀〉，二〇二四年一月十六日，《中國時報》人間副刊）

（〈鐵道少年〉，二〇一九年二月十八日，《人間福報》副刊）

我的玫瑰

李志傑

1 我的玫瑰 *Mi rosalES*

在西國租屋多年，尋尋覓覓始終無緣遇上理想的房子。春末午後，不經意的一個轉彎處，一幢貼著待售的小樓，在陽光下泛著金色光芒。石牆、拱門、紅瓦印著樹葉間篩下的點點光圈。我一眼便喜歡上了那古樸恬靜的氛圍。

推開前院鑄鐵小門，有條拼石小徑。一側是老太太生前最愛的玫瑰，另一側是與鄰居相隔的一道矮矮石牆。本以為只需簡單粉刷、更新衛浴，很快就能搬入新家。怎奈七八月是歐洲人度假的旺季，城裡靜悄悄的、幾乎所有店鋪都歇了業。滿是落塵的室內帶著一絲淡淡霉味，角落有兩個並排紙箱，彷彿是有人刻意留下的。翻開是一疊過期的花蕊雜誌，和幾件富有質感的園藝工具。好不容易來到九月，花牆小徑已是一地落葉與枯枝，花架上刺荊糾纏、凌亂的幾乎理不出頭緒。

遷入新居的一個清晨，隔牆老先生露著不願被打擾的淡漠。他沒回應我的頷首與微笑，只拘謹的稍稍點了頭。低低的漁夫帽遮住了半張臉，無法揣摩他的眼神。魁梧的臂膀已有些下垂，腋下夾著一份國家日報，應該是保守派不愛說話的那種類型。

突然他一抬手在胸前橫劃了幾下。一時想不起哪部電影裡的羅馬暴君，下令斬人的手勢也是如此。莫非修繕期間有得罪鄰居之處？我睜大眼睛，他微揚下巴連續又比了幾下，我納悶怎麼初次見面就砍人呢？接下來他側頭想了想，指指玫瑰，伸出兩指做出剪刀的動作。這下我才明白，他應該是認為外國人聽不懂，想用手勢告訴我該修剪玫瑰了。未等我開口，老先生又雙手環抱臂膀，裝出冷得發抖的模樣，又朝前比劃了幾下。我思忖著故意問說：「早安，您的意思是這個時節不宜，要等過了冬天才能修剪嗎？」聽我流利說完，他一愣，恍然的露出鬍渣下的大嘴沙啞的笑了。

呼嘯的寒風帶走大地的體溫，踩著沙沙作響的降霜，讓人真切感受冬季的來臨。漫漫長冬的銀色世界終歸過了，春天皚皚枝頭的白雪已漸漸融去。冷冷清清的早晨小院依然沉浸在一片輕柔的呼吸裡。參差的枯枝間隙中，偶有他帽簷下低低的身影。那份若有所思不愛說話的孤寂，給畫面添加了一絲莫名的傷感。

從小我生長的環境，面臨的全是升學壓力。空閒時就打打籃球、看看電影。甚少有機會接觸花兒、草兒的。帶上手套拿起花剪，一時還真不知該從哪下手。隔牆漁夫帽見我粗手笨腳的杵著不動，按捺不住性子，走近朝我用力拍了拍胸脯。

推開小鐵門他大步跨了進來，我暗自鬆了口氣。沒料他二話不說、熟練的握起花剪「喀嚓」一聲將一人高的玫瑰，剪成不及半膝的高度。我驚詫得說不出話，漁夫帽一點一點毫不猶豫彎著腰繼續往前下剪，我暗暗尋思也不得其解，只好閉嘴幫著收拾殘枝了。可憐老太太心愛的玫瑰，瞬間成了一排慘不忍睹的禿枝，留下一個個鱗紋、扭曲難看的疙瘩。

出乎意料的，原來冰天雪地之中，春天已悄悄埋伏在枝椏間。溫暖的春風夾著高山雪水的養分，老枝開始瘋狂抽枝冒葉，四月天叢叢深綠中冒出的點點花蕾，已有股飄來的淡淡甜香。一頁頁翻閱著留下的花蕊雜誌，忽地滑落出一張照片，是漁夫帽摟著一位銀髮老太太，兩人燦爛笑著，在花牆前的合影。

玫瑰故人已去，我輕聲與她告別，一線似有的緣分拂過茂密花牆。正如想像的，照片裡的確有雙憨厚的眸子，滿是皺紋的臉龐依舊是那若有所思的孤寂。

2 甜蜜的異國花豆

初春的天氣依然冷峻得難以忍受。泥濘草地仍留著些殘雪，大部分已融入溪裡豐沛的水流。原先莊嚴修道的地方，如今是嚴謹的書院。十分相似的灰石建築，一不留神在層層疊疊花牆與迴廊間就轉了向。

過道上已空無一人，推開鑲著橙黃玻璃的雙扉木門，一股暖烘烘食物香氣撲面而來。藍白小馬賽克裝飾著紅紅的地磚，一列列深木色長條餐桌，穩重中帶著些古板。幾乎滿座的室內十分安靜，沒想像中喧囂。短短精緻的不鏽鋼供餐區，幾樣當日固定的菜色裊裊冒著熱煙。

一個看似廚娘的大姐，談笑著在餐檯後愉快分送著食物。大咧咧的個性給人一種無法抗拒的親切。整潔白頭巾下露著一縷絨線頭兒似的瀏海。圍裙下豐碩的胸脯明白突顯了她綽約的身材。

她瞇細起眼、微笑的揚起單眉，那模樣像是從未見過東方人似的。接著她微微揚了下巴示意我跨前，還沒開口，一瓢食物已舀進托盤裡的湯盤。我詫異看著盤裡的大紅豆，那不是該吃甜的嗎？她見我沒回應於是又加了第二瓢，我呆呆望著盤裡其它配料，遲疑間第三瓢又來了，眼看湯汁將溢出盤來。轉身時她微笑裡藏著的調皮，任誰都看得出來。接著有個像走鋼索的小丑，端著湯盤艱難往前挪著步子。同桌有的一起、或單獨，個個正襟危坐誰也不看誰。我選好位子、外套攤在腿上，面對熟悉卻又陌生的菜餚，已別無選擇。不過，最後我竟用麵包將盤底抹得乾乾淨淨，連一滴湯汁也沒放過。

從那時起我知道該有禮貌、該扮笑臉、盡量找話題聊天討她歡心。我深信這種友誼非常重要，得罪她一點好處也沒有。有天我試著告訴她東方紅豆是吃甜的，她卻毫不猶豫笑著說那肯定沒她的好吃。對我而言她就是個食堂裡沒心眼的傻大姐。那時我和白人同學只有泛泛之交，沒什麼特別往來。然而跟她我卻快速的融入了異國生活，認識西方飲食禮儀，也知道許多書本學不到的俚語和俗諺。日復一日對她經常的關懷與小惠，讓我對自己起初的心態感到羞愧。

那天我開玩笑拉著緊緊的褲腰和傻大姐說吃得太營養，褲子緊得穿不下了。她側過頭盯著我，在手巾上擦了擦，忽的舉起一手過頭、彎成弧形，另一手叉腰手背靠臀，眼神散發著熱情，開朗唱了一聲「*ole*」、隨即像舞孃般，美美轉了一圈。那模樣令我發現自己的努力有了回報似的。

那是一道很普遍的家常菜，燉有洋蔥豬血腸、紅通通的醃排骨、一小塊金黃三層肉。主角是肉塊間吸飽肉汁綿密的紅豆。瀰漫的香氣與盤裡繽紛的暖系色塊，像幅未修飾的油畫，美得令人不知該從哪下手。在這隨處都充滿藝術氣息的國度，不論是多小的細節，都有令人驚艷的地方。

時間超乎想像的快速流逝，新鮮人的記憶隨著離開逐漸淡了。那個舒適怡人的傍晚，盞盞金黃光暈突然在暮色的街道亮起。一個標緻的女人從瑜伽教室出來，跨上機車匆匆與我擦身而過。很快騎士像忘了什麼，又繞了回來停在我面前。女人神采奕奕脫下安全帽，微笑的朝我伸出手臂，熱情摟住我脖子。那是一個如綿密紅豆般的擁抱。望著那一撮絨線頭兒似的瀏海，回憶像一股熱流，宛若那溢出的紅豆，在心底一圈圈流淌了開來。

（〈我的玫瑰 *Mi rosalES*〉，二〇二三年八月十八日，《聯合報》副刊）
（〈甜蜜的異國花豆〉，二〇二三年二月二十七日，《聯合報》副刊）

黑白鍵

翁淑慧

他停掉每週三的鋼琴課後，彷彿兩個白鍵間少了黑鍵的區塊，在她循環複沓的生活殘留一截空白，也在她心頭刻下一道細長裂縫。

他來學琴前，她為了專心照顧稚女，暫停授課許久。深奧的古典樂曲不受女兒青睞，只要六個白鍵組成的〈小星星〉，就能讓女兒的眼睛閃閃發光，開心到咿咿呀呀不休。女兒是她生活重心，日子就像反覆彈奏的兒歌一樣簡單，不需要繁複技巧便能駕馭，但被瑣碎家務填滿的她逐漸失去演奏能力。

直到婆婆退休後代為照顧女兒，她從教課開始找回從前的自己。

他是為了排遣升高二的無聊暑假而來，她估計開學後就會失去這位學生，畢竟這年紀學琴的人不多，但他停留的時間比她預期還久。

她習慣同他介紹每首曲子的故事，她認為唯有走入作曲家的內心世界，才能將情感灌注於音符中，演奏出動人旋律。他聽她分享布拉姆斯獻給師母克拉拉的〈C小調第三號鋼琴四重奏〉，格外感興趣，他問她為什麼克拉拉在舒曼死後仍不願接受布拉姆斯的感情？或許是跨不過心裡那道坎吧。她說。

因為分享琴譜，他們開啟彼此訊息往來，對話內容從鋼琴進入生活，甚至更多。她為他演奏生日快樂歌那天，他許了個想跟她四手聯彈的願望，她微笑回應應不難實現。他知道她週末會去市場採買，居住附近的他會特地前來幫她提物，在抵家的前個路口道別，彷彿他們只是不期而遇。

週間鋼琴課和短暫散步，變成一件快樂的事。就像指尖演奏的樂曲忽然轉調，產生不同層次的變化，生活在音韻流轉間有了怦然情味。

「我喜歡卡農，因為它給我一種很溫暖的感覺，就像老師一樣。」第一次四手聯彈結束，他看著琴鍵訴說衷曲。她坐在他身旁繼續演奏，求證彼此默契的深度。

下個暑假來臨之前，他開始頻繁請假，打亂的不只是被時間豢養出來的習慣，還有她內心的穩定節奏。最後一次四手聯彈，曲終之際，他像做錯事般懊惱：「中間音域交錯部分，兩人的手還是會互相干擾，影響彼此演奏。」

她在週末以誠徵壯丁為由試圖聯繫他，初始還能得到無法幫忙的歉意，而後就是用沉默代替的已讀不回。暑假過去，她瘋狂迷上蕭邦的〈黑鍵練習曲〉，左手和弦刻意擱置，只讓右手在黑鍵快速遊走不歇，原本輕快活潑的曲子被她演奏得淒厲激昂。

她其實比誰都明白，只要降半音，那些黑鍵就會變成白鍵，回到兒歌最常使用的全音組合，但她仍執迷在這無意義的練習中，並且總是在少了黑鍵的兩個連續白鍵間，不小心落下她的指尖，彷彿誤觸腳底的延音踏板，不協調的琴弦在她胸口持續振動，迴盪成凝窒不開的幽鳴。

（二〇二三年一月九日，《聯合報》副刊）

和解

鐘佩玲

新的智慧型手機裝了*LINE*，她在「可能認識的人」的名單中發現他，毫不猶豫的將他加入好友，聊了幾句，果真是他！

交換彼此近況後，她的手指飛快地遞出一串文字：

「有一次你家沒人在，老師請你放學後去我家。」

「你記得嗎？」

她家和他家僅隔一條巷弄。

知道他要來，下課鐘響，她立即飛奔回家，將大門鎖上。沒一會兒，門鈴聲響起，她趕緊躲到二樓房間，再由窗簾的縫隙往下看，背著黃色書包的他，像個衛兵般佇立在門前。

鈴聲每響一次，她的心就跳得更快，暗自祈禱：媽媽可別在這時候回來。

像是過了一節課那麼久，鈴聲安靜下來，她確定門前沒了他的蹤影，才鬆了口氣。

那天是星期三，小學生最期盼的下午，但她獨自玩著洋娃娃，吃著媽媽準備的甜餅乾卻快樂不起來，彷彿有甚麼東西堵塞了心裡的小河。

後來的她總惦念著，那個背著黃色書包的孤單身影究竟去了哪？她心跳著等待螢幕跳出對方傳來的話框。

「我好像忘了。」

他終於丟出回應。

「什麼！你忘了？這可是我記得我們之間，最重要的事了。」

「哈哈，應該有三十年了吧？」

其實，他怎會忘呢？那天，他在門口，像被罰站了一堂課那麼久，明明看到她躲在窗簾後，為何不開門？

她長得漂亮，是班長又是模範生，而他是隻什麼都不會的醜小鴨。

她討厭我吧。最後他下了這樣的結論。

離開後，他踱步至鎮上的公園，看老人下棋，看池塘裡的鴨子，躺在石椅上數天上的白雲，迷迷糊糊睡著了，醒來天色已黑，他默默走回家。晚餐時，媽媽問他班長家好玩嗎？他擠出笑臉點點頭。隔天，他刻意經過她的座位前，她若無其事的抄寫作業，頭也不抬。

從此，他倆就不曾再說過一句話。

「那時候的我不喜歡男生來我家。長大後才發現，原來是我不知道如何跟男生相處，所以就沒開門。這樣吧！改天來我家玩，我請你吃飯。」

她挑了個饅頭人的貼圖送出，以示歉意。

他看著那張臉，泛淚的眼神萬般誠摯，腦中旋即浮起另一張哭泣的臉龐……午休時分，男同學起鬨惡作劇，個性憨厚的他從不參與，然而這回不知怎麼的，竟自告奮勇抓起一隻乾癟的死青蛙，偷偷塞進她椅背後的粉紅色書包裡。

「其實我……」

（二〇一四年一月三十日，《聯合報》副刊）

無臉之城

夏予涔

總是在公共場合遇見那些人。他們的背上都裝有發條，在早晨出門前被例常性地旋緊，盥洗時將臉部表情清洗乾淨，打開櫥櫃換上早已遺忘顏色款式的服裝，維持著相同的髮型，鎮日揹著邊角磨蝕鈎毛的舊背袋，早晚搭乘捷運公車日復一日地工作。幾乎每天都遲到三分鐘，踏入工作場域就將情緒摺疊好收進抽屜，把今日的話語切割成工整的字條。

我們的對話場景總落在有如深冬的蒼白燈光下。我將卡片，甫過期的借閱書冊遞上桌面，他迅速規律地應答：

「排隊等叫號。」

「填妥這份表格後右轉前面直走再左轉看見一道藍色的門交給隔壁窗口的小姐抽號碼牌準備X光攝影。」

「閉館前半小時不受理借還書，這是館方規定。」

「請仔細閱讀牆上守則——」

這樣熟稔反覆背誦，像打字機般一字一句吐出機械方正的字體，話語精確平均，好似跟上了鋼琴節拍器的搖擺幅度。所有的對語倏地被剪斷，倏地又開始。他的聲音既像男性又像女人，沒有高低音差，恪守著遙渺的禮節，他的臉部平坦，只剩呼吸在轉圈。

我不禁臆想著他的生活樣貌。下班回家轉開門丟鑰匙開燈脫襪掛外套，拔起發條，清洗中午的便當盒，孤坐沙發看電視吃外帶晚餐，熟練地攪動即溶咖啡粉末，為既不枯萎又開不了花的植物澆水，記帳蒐集單據對發票，淋浴後反覆拭去洗手檯上的水漬，剪鼻毛腳指甲掏耳屎，睡前滑手機上網看八卦。假日就成天掛網。他的生活像不斷吐出紙張的事務機，沿著軌道而行從來沒有逾矩越線，不吸菸飲酒沒試過一夜情。彷彿出生後就慢慢死去。

他應該一直都在這個老位置上工作吧！也許在很多年很多年前，多到他都不記得有多久了（是真的忘了），那時的他輪廓清晰立體，掛著一串銀鈴的笑，假日逛街找朋友上館子，下班途中買盒點心返家，在安靜的夜凝視窗外孵出甜滋滋的夢。然而，隨著時間流逝，他的五官日漸鬆脫模糊，最後白得像一張紙，再也看不清楚遠方了。

我不禁立在鏡前看著自己。年少時我曾夢想當畫家，蓄一頭長髮著天使白袍在無人的海邊創作，赤裸裸孤獨地活著，而長大卻蜿蜒走向其他的岔路做起別的事；推開城市高樓的玻璃門開始著每一日。成疊報表數字像蠕動的蟲洶湧起伏淹沒了我，設定好的業績目標永遠是座抵達不了的海市蜃樓，在會議裡我永遠看不懂每張臉後暗藏的臉。許久後，我的臉亦長出了不同的相貌，說著不一樣的話。在中歲時，我忽然發覺我的臉也淡得什麼都沒有了。

陌生的自己與我久久對視。

擁擠的街衢滿是無臉之人，如細胞分裂般大量繁殖。他們同在城市的各個角落出沒，成為早晨八點捷運閘門一開大量湧出的白色面孔，進行著默寫般的儀式；早起盥洗吃食搭車工作吃食工作搭車摸黑返家，做愛洗衣拖地採買，把婚姻愛情當成日常用品，靈魂與嗓音俱褪去了光澤。他們像公車吊環被整齊地一一懸掛，指針將時間等分再等分地切割，整個城市發出齒輪滾動的摩擦聲，輸送帶般拓印著昨日今天與來日。

據說五官不見的人，名字也會跟著走失，以至於彼此見面時都不再記得對方，像是深海底層出現的一批銀爍魚群，萬縷絲線般游梭前進，沒有盡頭。

（二〇二二年四月二十五日，《中國時報》人間副刊）

精神上的房間

林苓慧

1 流浪的女孩

出門往超商的路上，有家服飾店，我總會瞧瞧櫥窗又換上哪些新貨。妳站在隔壁的公共電話機前，猛力掛掉話筒，力道之大不禁讓我轉頭看了妳一眼：橡皮筋紮著樸素的馬尾，二十多歲，穿著紫色羽絨衣，綠色牛仔褲，打扮普通不起眼。雙肩揹著後背包，左肩掛著側背包，胸前還斜揹了個小包，是派報生吧，皮膚晒得挺黑，油膩黑髮上頭皮屑格外明顯，這年紀的女孩都很注重外貌不是嗎？不過，更令我在意的是妳臉上凝聚著強烈的怒意。

「是跟電話彼端的誰吵了架？家人？朋友？這年頭還有不用手機的年輕人。」我邊想邊走進超商，繳水電費，用售票機買期待的印象派畫展預售票，拎瓶鮮奶，主婦的平淡日常。出了店門口，雨勢淅瀝變大，難以捉摸的濕冷春雨，寒意凍骨。我撐起傘快步回家，一個女孩從服飾店走出來，提著一袋戰利品，俏麗可愛青春正盛，與你年紀相仿。

女孩與我一前一後站在人行道上等紅燈，妳從另一端走來，站在我們前面。雨勢滂沱，妳卻沒有打傘，任憑冷雨淋著，手上多了一截點燃的短菸。煙隨著風往後飄，女孩拿傘對煙揮舞，可以想見她皺眉掩鼻的討厭神情，使力揮傘的動作顯得滑稽，她其實也沒那麼可愛。我並不討厭菸味，凝神注視著妳的背影，包包極重使妳的肩膀下垂歪向一側，羽絨外套挺髒的，牛仔褲過垮不合身也有深垢。然後我看見妳腳上的球鞋，內側整個裂開，鞋底分家，只像個蓋子蓋在腳上，徒剩鞋形早該丟棄，我突然明白妳是個街頭流浪者，三個包包就是全部家當。

綠燈亮起，我跟在妳身後徐行。妳一口口抽著菸，透明煙絲飄向空中，製造出溫暖幻象。雨水沿著妳的馬尾滴落，淡淡的流浪者特有異味竄進我的鼻腔，如同妳身上散發著無處可去的孤獨氣息。妳揚起左手調整下滑的背包，我瞥見那手心裡緊握著幾枚發亮銅板，瞬間懂了，妳剛剛不是在打電話，而是碰運氣尋覓有人忘了帶走的退幣，猛力敲擊話筒，看能不能掉下幾枚閃亮。那可能是走了好幾條街，搜尋了每一支電話機退幣孔的收穫。握得那麼緊，像是唯一指望，妳僅有的，在這寒冷大雨黃昏。

毅然選擇離家流浪，是決意拋棄世間的種種束縛吧，斬斷人際牽絆，割捨親情、友情、愛情。然而妳如此年輕，為何選擇流浪生活？明明還會遵守著過馬路等紅燈這款小事，並未完全無視社會生活規則。如果選擇跟眾人一樣循規蹈矩，安分的不想太多，收起對現世憤怒不滿的爪子，像同齡女孩一般，做個簡單工作也行，打扮得漂亮乾淨，逛街買衣服吃美食，生活簡單輕鬆。或者如我這般，適時藏起自棄與厭世於內心深角，假心假意變身明亮成熟社會人，隨意敷衍扮演主婦妻子母親的角色，過日子只追求及格邊緣。然後有一把鑰匙，一扇可開啟的門，一張等待自己的溫暖沙發，有家可回。不以虛弱肉身抵抗風吹雨淋的街頭叢林，而以冷靜近乎冷酷的理智與現實搏鬥，找到生存之道，放逐自我的街頭流浪生涯其實艱辛多了。

短菸很快就會熄滅，春天來臨卻依然寒冷，妳決定要到哪裡去？

2 精神上的房間

大家都說女人要有自己的房間，然而城市蝸居空間有限又與家人同住，現實上有諸多限制難以實踐，倒是在精神上打造自己的房間，我覺得容易多了。

有時沒來由地對日日重複的平靜家居生活生出煩躁，對整天盯著電視機與手機的自己感到不滿，我便會關機躲入自己的房間。

出門搭車，僅三個捷運站距離，迎面而來是視野開闊的山與河，鮮豔紅火怒放的緬梔花，涼風徐來，心情立即一振。先到河畔的電影院看日本導演荻上直子的新作《波紋》，她的作品我向來喜歡，像是深懂己心的老朋友。電影詮釋中年女人面對婚姻與老去的心境，片中一些不起眼小細節令我會心一笑，果然是有相同經歷的中年女子才會懂，整場電影像是與老友進行舒暢痛快的深談，化解心頭淤垢。

漫步河邊，身後夕陽金碧燦爛落在河面波紋上，轉身可見橘紅落日，己身融入了印象派畫作般美景。走過在網路爆紅的排隊日式冰店，觀光客捧著色彩繽紛的冰品興奮地拍照，萬般滿足驚喜的神情令人莞爾，這碗冰的美照上傳社群應可獲得很多的讚吧。

眾多街頭藝人中，有個聲音吸引了我的耳朵，那是我年輕時很喜歡的歌曲，在打賞箱裡投了錢，靜靜佇立聆聽。幾個婦女自稱是歌手粉絲，神情陶醉，原來不是只有偶像大明星才有粉絲。再往前走，有間二樓文具店，風格別緻，陳列歐美的各種文具小物和書籍，店主是個長相恬淡年輕女生，不允許在店內拍照打卡，在這講究網路流量行銷的年代，反其道而行，佩服她的不流俗勇氣。

幾個小時裡，看了部好電影，在夕陽下長長散步，偶遇眾多笑靨、在歌聲中與年少的自己重逢，得到諸多美好療癒，充飽電回到家常。我領悟即使蝸居，自己的房間也可以隨心無限拓展。

（〈流浪的女孩〉，二〇一七年四月二日，《自由時報》花編副刊）

（〈精神上的房間〉，二〇二四年十一月十七日，《聯合報》家庭副刊）

流動的時光

蔡莉莉

正午晃蕩在溫州街的巷弄中，市聲喧鬧拋擲身後。樹葉邊緣鑲上金光，路面被葉隙光影鋪灑成豹紋地毯。轉角，是舊昔時代的日式宿舍，如今已變成幾座廢墟，門口的花園一片荒涼，屋角老榕樹像相撲選手般壓著老磚牆，藤蔓植物穿梭而入，彷彿可以聽見薜荔窸窣匍匐的聲響，宛如走入超現實主義盧梭畫裡的荒野森林。

有一種曾經置身其中的幻覺，好像重回許多年前的星期日，總是搭上前往遙遠陌生站牌的新店客運，來到那幢充滿油畫作品的日式老屋。回想第一次到那幢日式老屋，提著畫箱從陽光飽滿的碧潭橋頭轉入曲折小徑，庭院光影翠綠，老樹的枝椏吊掛著植物。推開紗門，油畫氣味迎面而來，滿牆目不暇給的畫作，令人感到自身之渺小。跟著同學挨擠在畫室中，把顏料當作青春養分大把擠在調色板，畫上一整天，那幢日式老屋就以這樣的緣分留在記憶裡。

畫室裡住著一位上了年紀的外省老兵，出入的學生都喚他張爺爺。每個星期天早晨，張爺爺會煮好咖啡等著我們，他總是坐在藤椅上，拿著保溫杯啜飲著茶，微笑地看著這群一邊畫著靜物一邊吱喳交談的孫輩，非常溫暖友善，就像我們共同的親人。

張爺爺就像是《百年孤寂》裡的邦迪亞上校，半生征戰之後，安靜地獨守那幢老屋，在自己的小房間裡回想飄流異鄉的一生。每次到飯廳長桌倒咖啡的時候，我總會不經意望向張爺爺昏暗的起居室。他的房間很小，自天花板低懸一盞小罩燈，點了燈還覺得昏暗。牆邊放單人床，牆上除了日曆和印著國旗的蔣中正照片之外，還掛了一包包看似是老人常備良藥的東西，只要經過房門，便隱隱聞到一股萬金油或薄荷油的味道。桌上擺了幾罐茶葉和克寧奶粉，桌角那台小小的收音機，是張爺爺和這轉速過快的世界接軌的唯一通道。

張爺爺吃食簡單，作息在相同的軌跡中重複運行。好天氣的時候，基於養生的理由，張爺爺會到院子外的花徑來回散步，他慣常邊走邊計數，像是在尋找地上的銅板那樣的走著。

「巷口花開了！你們要不要去寫生？」張爺爺偶爾會以他那不知哪個省分的口音，告訴我們他散步時的發現。

對彼時熱中追隨印象派描繪戶外光影的我們來說，是令人雀躍的情報。我們總毫不猶豫地拎著畫布提著畫箱，坐在樹旁牆角或屋簷下，捕捉花叢樹影隨時間移步的輪廓和顏色變化。綻放的茶花、斑斕的變葉木、雜駁的磚牆縫隙中舒卷的爬牆虎，暈著綠光的遠近樹木輪廓，那真像是走進光影顫動的莫內花園。

我經常是最快畫完的人，收拾畫具的時候，張爺爺總是站在我的作品前欣賞著，認真的說：「妳畫得又快又好。」他就像一個慈祥的老者，溫和謙卑，不會抓著人就沒完沒了的無限重播自以為光榮的人生傳奇，也不會逢人就傾倒冗長無意義的瑣碎日常，儘管整個星期之中，只有假日我們到來時，這清冷的老屋才有笑語人聲。我已把張爺爺當成了畫室的一部分，他就像是阿公般溫暖的存在。

和許多遷徙到台灣的老兵一樣，張爺爺揹著命運交織的故事，活成了獨居自炊的暮景老人，複製貼上著每個相同的日子。某次，到畫室卻不見張爺爺，才知他半夜解不出尿，膀胱都快撐破了。畫室老師接到張爺爺的電話，緊急將他送醫。張爺爺住了幾天醫院，回來以後，看起來更像一張褪色的舊報紙，帶著枯槁的神色，我幾乎可以聽見生命從他身上擦過的聲音，感覺他正慢慢朝著衰老的世界走去。

出國前沒說什麼離別的話，揮揮手就走了，我想那不過是短暫的分別。留學的日子，我像一隻獨自孵養珍珠的蚌，透過維梅爾、杜布菲、羅遜伯格的畫作，摸索自己未來的藝術樣貌。我的畫布裡不再只出現古典人像，不再只關注印象派的風景，透過反覆實驗，一步步探索我所想望的藝術世界。

我經常整天關在研究生的工作室之中，面對畫布不斷嘗試修正。獨自在偌大的空間畫著的時候，時常會想起張爺爺。生命中莫之能禦的動盪，像一塊石頭般被掀了開來，我看到底下的孤單與無奈。在平日只有堆滿未完成的畫布和揮之不去的油畫氣味的空蕩畫室中，張爺爺是如何靜蟄在空寂無人的老屋中，度過千篇一律的日復一日？

出國前的我還太年輕，生命中尚未經歷過生離死別，無從體會流浪者內心的感覺，也不曾意識到，有一天孤單也會走來我的面前。移居異國的城市，彷彿突然降落冷酷異境，活在別人的夢境之中，茫然的，孤零零的，就像走入愛德華．霍普那些充滿「所有人到最後終究還是一個人」氛圍的畫作裡，如此疏離，如此寂寥。

回國之後，我和畫室同學漸行漸遠，我後來不曾再回去那間最初萌發我畫家夢想的畫室，但一直在心中默默掛念年邁的張爺爺。後來，輾轉聽說張爺爺逐漸凋零，失去生活自理能力，被安置在花蓮某個安養中心，想起真是無比懷念，無比感傷。

人生是個加速的過程，一晃眼過了三十年，少年時代的畫友同伴盡皆散去，大多成為面目模糊的路人。我或許已經破繭而出，在持續的創作勞動中，慢慢地，慢慢地，從青春的碎片中長出堅韌的自己，變成了我想要成為的那種人。往事如深井，如油畫般魔幻的色彩在眼前不斷晃動，那些生命中許多擦身而過的緣分，在回憶裡無止境的延伸。我清楚意識到，人生的每一個片段，都有最好的，最值得珍藏的遇見。

許多年之後，終於又來到碧潭。一條河流在公路側邊，那條河流已經不是原來的那條河流，有些場景持續流變累聚在河床底，就像堆疊在油畫布底層的顏料，隱身成為審美的背景。而今我才明白，昔日之夢是無法言喻的奢侈，年輕時的我並不知道那些美好的人事，終究會被歲月的畫刀層層抹去。

站在碧潭橋頭回望，我看不見記憶中畫室深灰色的老屋簷，如今，只見一座被綠色鐵皮包覆的兩層樓房。畫室招牌還在，紅色木門還在，灰舊的門鈴也還在，我清楚地感受到老屋就藏在鐵皮屋裡面。

那一刻，從記憶裡湧現一個意象，一種回聲，我彷彿看到燦亮夏日裡一間有樹有花的庭院，那庭院之中有一位單薄的老人，正掀開花布門簾，微笑地招呼二十歲的我。於是，我彷彿聽見他親切的說，妳來了！而且，彷彿也聞到一陣陣咖啡的焦香。

（二〇二〇年十一月十一日，《中華日報》副刊）

康威爾斯小姐

翁士行

歲月的步履太快，我打從心底不想跟上它，康威爾斯小姐，她做到了。母親去世時，與我無話不說的小姊姊已嫁為人婦，深層的哀慟膠著孤單的我，於是我開始申請學校，只為釋放沉溺悲傷的自己，遠離失去溫度的住所。

同年初秋，我抵達波士頓附近小鎮，夢遊仙境般的走進一幢綠蔭中的白色小木屋。房東費雪太太已八十多歲，獨居，租金明顯低些。房間在二樓，很寬敞，有一張大床、一張書桌和人可以進出的衣物櫃。窗外有一棵老橡樹，搖曳的光影鑽進房間，撒了一室魔法似的，讓我瞬間愛上這房間，毫不猶豫的選擇這裡。

書桌上方牆壁掛著一幅畫，色調與木質地板、家具配搭完美，很是悅目。畫裡有一位少女，當時我不知曉這是哪位藝術家的大作，更不知畫中少女是誰，但是後來的日子裡，每天與我作伴的就這位鄰家少女了。多年後，我才知道這是法國印象派大師雷諾瓦的大作，而畫中少女是康威爾斯小姐。

夜晚，書桌前倦了，我總會抬頭欣賞畫作，神遊放空，令人忘憂。猶記某個晚上，對母親的思念、對父親的牽掛……讓我想放聲痛哭一場，又不願驚擾費雪太太，只好淚眼凝視康小姐，悠悠忽忽中她清澈的眼眸，彷彿載滿同情與憂傷，這樣的場景重複上演著，直到冬季來臨。

下雪了，風燭暮年的費雪太太更加衰弱，她的女兒蘇珊告訴我，必須將她送至安養院照顧，房子及所有的東西都要處理。康小姐呢，她要去哪裡？很想問蘇珊，卻忍住了，這麼美的畫，我怎負擔得起。

一個灰濛濛的週末，白木屋舉辦車庫大拍賣，我既緊張又預期失落的尋找著康小姐。終於找到她，當我看到康小姐被標著極低的價格時，我簡直不能相信自己的眼睛，趕緊找蘇珊確認，她說，這是複製畫，如果我喜歡就送給我當紀念。我欣喜若狂的抱著蘇珊謝謝她，並告訴她，這幅畫對我而言意義非凡……。

這時，我已打算離開麻州，康小姐無法隨行，蘇珊主動說可以幫我寄到最後落腳處。一個月後，細雪紛飛中，我從郵差先生手上接過了這份珍貴的禮物，我隨即拆開它，忍不住高聲歡呼，康小姐也笑得燦爛。

原來，康威爾斯小姐就像一本不需要文字的書，我可以擁有屬於自己的閱讀與讀後……。

幾年後，再一次遷徙，先生、我及孩子全家返台，康小姐裝貨櫃飄洋過海。我開始人生最渾沌忙碌、幾近窒息的歲月，康小姐也因為我們與親人同住，未被拆封，於是我們一起過著幽暗封閉的日子。

又過幾年，我們終於搬進自己的小窩，康小姐得以重見天日。我將畫放在客廳的鋼琴上，斜倚著紫羅蘭色的牆。在這兒，窗外也有大樹，是大樟樹，也有永恆的陽光，透過樹梢葉間穿窗而入。我們終於可以深呼吸。

從初遇康威爾斯小姐至今，數十個春夏秋冬走過，畫中的她仍是一位美麗少女，帶著悲憫眼神、淺淺微笑，無聲無息的陪伴著我，無論窗外窗內是蔚藍是黯灰，是寧靜是颳風下雨……。

原來，當康威爾斯小姐的影像被留下時，她並不是受困於框架中，而是獲得自由，一種穿越未來時空、持續幸福姿態的自由……。

（二〇一七年三月二十九日，《聯合報》副刊）

輯三——通往文學的路

閻王低頭

林佳樺

「外婆，我胃痛。」

外婆打開透明玻璃罐，舀一小匙白粉入我口中，用掌心按壓我的上腹。那陣子嘴饞，零食全不忌口，胃常悶脹打嗝，湧逆酸水。這罐神粉是仙丹，沒多久，胃已不再翻攪。

「這是什麼粉啊？」

「吃就對了，有耳無嘴。」

外婆家的中藥鋪位於僻靜的大洲村路上，四周環繞稻田，店鋪前方有條蜿蜒小溪。連棟的矮房建築後邊是方形廣場，用來晒藥材及稻米；最左側是藥鋪，中間是臥室，最右邊則是灶房。有時看診時間太久，外婆會示意我去灶房拿幾顆饅頭給病人充飢。每次進出藥鋪，門口外婆飼養的黑八哥就會在籠裡噗嗤拍打翅膀，大聲說著：「擱再來。」

外婆為保佑藥鋪生意興隆，在曲尺型櫃台旁供奉祖先牌位，牌位前放置一座圓唇、圓弧鼓腹的小香爐，幾炷香長年插著，這罐仙丹就放在供桌上。即將上小學的我臆測，這瓶仙丹來源應是香灰，節儉的外婆每天祭拜時必捨不得丟棄，再添加祖傳祕方調成色白的仙丹。我常朝仙丹罐拱手膜拜，幻想這藥罐是太上老君的煉丹爐，爐嘴裊裊升起幾縷白煙。

病患若因腹痛胃脹、腸胃潰瘍前來就診，外婆便取出一些仙丹。小時我體燥常流鼻血，外婆先痛罵我是否吃冰？接著大喊閉氣，火速拿棉棒沾一匙仙丹粉朝鼻孔吹氣。哈啾幾聲平躺休息，不一會兒，血就神奇地止住了。外婆說，仙丹粉是用一種骨磨製的。我若再追問是什麼骨，外婆就會斥責囉嗦。

有次附近柑仔店老闆的兒子耳朵出膿生瘡，吃遍中西藥仍未治癒，聽說藥鋪裡有神效仙丹，前來急問。外婆先將粉擦抹在孩子的膿瘡處，叫對方按三餐內服，才兩週，傷口便結痂。事後老闆特地贈送一塊深淺間雜的紅花布當作謝禮。外婆咿呀咿呀踩著老舊裁縫車，縫製成睡覺被單，一展開，床鋪頓時像張花床。但婆仍是長年穿著一襲過膝的藏青或灰黑布衫，下身配著深黑寬鬆棉褲，喀答喀答趿著木屐；晒藥材時，便把過長的前襟摺起，塞進褲頭，做著粗活。

客人前來領藥，我幫忙慎重地叮囑服藥方法，魔幻藥材的奇效：「這款仙丹叫『閻王低頭』，用十年一花、十年一果的奇異還生草藥提煉，保證藥到病除。不可多服，一日三匙為限。」舅公姨婆、鄰居們虔誠領藥，表妹在旁拉我衣袖：「你剛才的話，是史豔文為了救藏鏡人，拜託冥醫的台詞。仙丹不就是香灰嗎？」我拿片山楂，塞住表妹快說出事實的嘴。

戲劇中的台詞，也適用現實生活。這藥粉對我及許多病患而言，是祈求閻王能低頭的願望。

仙丹神效在我的大嗓門下廣為人知，外婆常氣我的誇言，訓斥做人要老實點。我聳肩吐舌，快速跨入右側門檻，一溜煙跑進主臥房電視前席床而坐，看布袋戲、歌仔戲。黑白電視，增添生活幾許色彩。

有天晚上，藥鋪打烊關好門窗，外婆和我悠閒地坐在臥房收看歌仔戲。當時楊麗花飾演的薛平貴迷倒一票婆婆媽媽們，每晚村子巷口靜悄悄的，大家坐在電視機前收看平貴寶釧分離，跟著劇中人掉淚。

「寶釧啊——，光陰已過十八年，青春一去不復還。菱花鏡中照人面，模樣不似彩樓前……」寶釧尖細唱腔揚起，忽然「碰——碰！」門板響起撞擊聲，外婆趕緊開門，示意我把電視聲量轉小。正演到闊別十幾載的平貴蓄滿髭鬚歸鄉，夫妻就要團圓了呢。

「按怎？」外婆叫了一聲，我好奇望外看，一位身著灰布長褲的老奶奶哭喊兒子被警察抓走，兒子身上有嚴重刀傷，血流不止，她得趕緊送藥到看守所。搖搖晃晃快暈倒的老奶奶緊抓外婆衣袖，急問有無止血藥方。外婆赤腳小碎步跑到左側藥鋪，打開大燈，塞給老奶奶那罐仙丹：「沾點水敷在傷口上，不到半小時就會止血。」我原本懊惱戲劇中夫妻即將到來的重圓被打斷，此時驚嚇得噤聲。老奶奶走後，外婆連聲嘆氣，說戲劇和人生，最苦的都是分離。

外婆對那晚的事始終緘默，我若好奇詢問，便惹來一頓訓叱。詭異的是，之後幾天，上門求診的病患無預警地增多，來問診，也來問那晚的事情。我在櫃台前幫忙包紮藥材，病人們交頭接耳，不時問我那晚事發狀況。當時年幼，不了解他們口中的國民黨、黨外是指什麼，只能靠一些聽聞拼湊原貌。據說老奶奶的兒子認識美麗島事件核心人士林義雄，兩人同是三星鄉人；林義雄被捕後，警方又到大州村捉拿名單上的叛亂罪嫌。

有位中年阿姨自稱和老奶奶熟識，她口沫橫飛地轉述老奶奶當晚遭遇，彷彿身歷其境。老奶奶家四周全是田埂，此時正值秋收，廚房大灶邊的角落堆滿柴枝稻稈，高與人齊。警察衝進老奶奶家搜人時，老奶奶顫抖哭喊，沒人啦，夭壽……。警察拿著刀、棍這刺那揮，廚房瓶罐碗盤碎裂一地，狹仄空間充斥著尖叫哭泣與吆喝怒罵。一個警察拿著長刀刺入稻稈堆，老奶奶驚叫跪倒，長刀抽出時，刀鋒的紅染在地上，草堆漸漸被染色……

她尚未說完，外婆用力喊噓，沉著臉拜託大家噤聲。那陣子外婆嚴禁我出入藥鋪，厲聲叮囑不可亂講話。我委屈掉淚，只不過轉述大人之言罷了。外婆凶煞的臉太可怕了，我只好用靜默，遮蔽那晚怵目的血紅。

上了小一，我回到鎮上。寒暑假回去看外婆時，村上西醫診所一家連著一家點亮招牌，嶄新廣告看板用新穎POP字體引人目光。外婆的中藥鋪外，那木製匾額一天天老去，上面布滿灰塵斑駁，如同外婆漸漸蒼老的臉。上門求診的病患日益稀少，多是親戚老友前來串門子、話家常。

我安慰外婆，藥鋪有鎮店仙丹「閻王低頭」，不怕顧客不上門。小時我為仙丹取這綽號，外婆會瞪視，怒叱胡鬧，此時她只搖頭嘆氣說，這孩子中了布袋戲毒，病得不輕。

後來外公年老病重，外婆每天忙著照顧他，無暇顧店。外婆笑容愈來愈少，我捧著仙丹罐跟外婆說，服了這帖藥，閻王也會低頭；她沉著臉接過藥罐說，現在任何藥方，只能祈求閻王借魂，多活一刻是一刻。

外公走了之後，外婆再也無心打理藥鋪。每隔幾天，親友擔心外婆孤單，會常來店裡閒聊；反倒是我上了國中後，升學壓力大，愈來愈少回鄉下。

日子無聲地往前走，再回去探望外婆時，她和供桌上的仙丹藥罐一樣沉默嘴閉，同樣布滿更多的灰。櫃台後方兩排木製藥盒已經很久未被開啟，約略嗅聞到久放藥材的霉味。叔舅們曾提議將櫃盒清掃或拆除，外婆搖頭說，東西就按原來樣子放著吧，便陷入冥思。外公的走，關閉了店鋪的熱鬧，也關閉了外婆的笑；只有當孫子們回去探望，她才會稍稍展顏。

姊姊常抱怨學業、社團兩頭忙，三餐不正常，胃常犯疼；我罹患隱性地中海型貧血，站久了容易暈眩。記得「閻王低頭」也能治貧血，但藥只剩下一點點。外婆叱責我們姊妹怎麼不愛惜身體？說等等小販會送墨賊仔骨來，她要現殺磨製。

現殺？什麼骨？我和姊姊沒聽懂，彼此互望——仙丹來源是動物？

不久，小販開著貨車前來，外婆拄著枴杖緩緩踱到車前，挑了兩隻烏賊，再步行到灶房。她把過長棉衫塞進褲頭，捲起褲管衣袖，拿著木砧板墊在流理台上，用刀切開烏賊肚子清洗，取出腹肚中間一只橢圓形乳白色薄硬骨頭，彎腰費力用鋼刷梳洗骨上的髒墨。兩只薄骨碰撞，啌咚啌咚響著，真難想像烏賊肚裡發出的聲音如風鈴般清脆。原來，喚了十幾年閻王會低頭的仙丹，是用烏賊骨頭磨製的。外婆解釋這是「墨賊仔骨」，可治胃病、貧血、膿瘡與止血，正式的中藥處方箋名叫「海螵蛸」。

嚴重駝背的外婆因腰痠喚人幫忙，我嫌味道腥臭，且飄散鹹澀海水味，躲得老遠。她嘆口氣，提起以前外公都會主動提水、幫忙晾晒。外婆休息一會兒，又起身刷洗骨頭、浸泡再換水。她提到外公時，頓了好幾秒，靜默看著水盆，我不禁臆測，她是否泡在過去的回憶中？

整個下午，外婆不斷重複將薄骨浸泡、換水、再洗淨。原本泡水三天以上才能去除鹹腥，因我們要回鎮上唸書，她只好先行汆燙，一邊低唸著，這次磨製過程得加點甘草粉，才聞不出腥味。我掩鼻蹲在灶口幫忙丟材枝、燒沸水，再和外婆一起擦拭燙過的骨頭，夾在衣架上曝晒。外婆威脅，再胡亂飲食，就不再做這帖費工的藥了。她轉開電視收看氣象，連說好好，日頭炎炎，適合晒骨頭。那晚我從大洲回到小鎮，沿途飄著海水的味道，手上濃鹹的腥澀彷彿悄悄滲入家中。

外婆病重時，我已經大學畢業，不再無知地要她服用仙丹。閻王怎麼可能低頭？倒是仙丹後方的供桌，經常插滿家人祈求外婆趕快康復的香柱。外婆不喜歡西藥，病重時常叮嚀母親、阿姨熬煮湯藥，藥壺底層常被爐火燻黑。外婆教我拿墨賊仔骨刷洗壺底，鍋具神奇地光潔如新。薄骨拿在手上，海的味道已散，丹藥的仙氣也褪了幾分。

外婆過世後，我們回大洲整理遺物。外婆生前飼養在門口會說「擱再來」的黑八哥，因那陣子我們長時間待在醫院，牠正值換毛期，乏人照顧，感染寄生蟲，毛髮幾乎全禿，只好送人飼養。清洗鳥籠時，柵欄上方用鐵絲掛兩只墨賊仔骨。外婆曾說，那是給黑八哥磨牙用的。我取下來刷洗，啌咚啌咚，就像外婆那天彎腰刷洗墨賊骨時響起的聲音。

☆（二〇一八年第十四屆林榮三散文獎佳作）

（選自《當時小明月》有鹿出版）

吹笛人

林佳樺

阿勇師亮出的小刀，彎細如月。我因撰寫廟會論文，到美濃養雞場做田野調查，意外地看見眾人圍著阿勇師；原以為是江湖賣藝人，聽到師傅喃喃唸著：「磨米飼雞仔，師傅……」並持起笛子，嗶嗶兩聲。我被笛聲喝住了。這讀唸的歌詞，與我記憶中的原文不全相同，但相去不遠。

「挨米飼雞角仔，師傅趕緊來啊，雞仔飼甲肥滋滋，留起來好過年……。」二十年前，我被父母送到鄉下久住，常聽外婆吟咏此調。外婆解釋，鄉下人把小公雞稱做「雞角仔」，為方便小雞吞嚥，米飼料必須挨磨過。外曾祖父有門祖傳手藝，子孫無人想繼承，四舅不愛唸書，但手巧，為了營生，唸完國小後，便得承襲家業。外婆有時會輕拉床頭櫃抽屜，拿出一個小鐵匣，其中有削刀、鑷子，這是四舅離家後留下的刀具。外婆總是發楞看著，然後用布輕拭，塗抹凡士林以防生鏽。鐵盒中另藏有一支竹製短笛。

四舅離家前，工作時，腰間總繫著短笛，細瘦褲管紮進黑雨鞋中，頭戴斗笠。他先在神龕前禮拜華佗，隨後拿出比食指略長的竹笛吹氣，「嗶嗶」發出尖銳兩聲，再到晒穀場旁牽出一台黑灰色老舊鐵馬。我問他要去哪？他說等會兒要吹笛給人聽。四舅在教音樂？他無視我的提問，逕自牽車往外走。

四舅跨上車，瘦削腰間綁一只裝零錢的小棉袋，車子前籃放個小竹簍，背部微弓地騎著。有時我會陪同牽車，幫他放好外婆準備的水壺及飯糰，聽著咔答咔答車聲遠去。每個月有幾次，四舅會拎著竹簍外出，幾天後才返家，把簍子交給外婆，疲憊地用完午膳，便去休息。外婆在灶旁裝盆水，清洗簍子裡的東西，共有五只工具。一支像修眉刀，約手掌長度，一支如掏耳朵的挖勺，一支鑷子，一枝如剪刀狀的器具，還有一根小竹管，管口綁著不知何種材質的繩套。外婆拿著毛刷，輕細刷洗工具上的血漬。

四舅不會音樂。他跟阿勇師一樣，幫忙農家「閹雞」。

阿勇師與四舅持有同款刀具，明晃晃地持在手上。刀自然只是刀，但在阿勇師眼裡，像是另一根手指。阿勇師的穿著與當年的四舅幾乎同款——一襲短衫、棉質黑長褲，趿一雙涼鞋，拿著同樣刀具與短笛。

阿勇師拿出竹笛吹奏幾聲，說閹雞這一行，平時以沿街吹笛為號，但現今師傅大多不吹笛了，一通電話服務就到。他拿出四寸長的削刀，在小型磨刀石上輕輕滑動，說自己入行二十載，至今仍得不斷精益求精，讓客戶把辛苦養大的雞放心交給自己。雖然只是雞，卻也是買賣道義，馬虎不得。阿勇師原本唸機械工程，退伍後不久，經營中式早餐店，凌晨兩點就得辛苦揉麵糰。仔細盤算人生，不如回老家學習祖傳技藝。有些交熟的養雞場老闆，好心提供淘汰雞隻讓他練習，兩年後，阿勇師已能獨當一面。

阿勇師仔細磨刀，刀鋒對準鼻尖，左右晃動。我沒看過四舅磨刀，他的刀都由外婆打理，定期將刀子磨利。

磨刀伯出現在村裡，常是午晚餐之間。小販們彷彿彼此約好，先是響起補鍋具、補雨傘的工匠拍擊長鐵板聲，接著麥芽糖小販「噹—啷、噹—啷」的竹筒搖動聲，最後是宏聲叫喊「磨菜刀、磨剪刀」。婆媽們拿著各式刀具排隊，吱哩喳呼地聊天。磨刀伯拿出機車後座箱的粗砂輪盤，將刀放在輪側一圈圈轉動，再將刀具放在長形磨刀石上來回推磨、淋水，重複多次，最後將刀子立起細瞄，包上報紙交還對方。

附近廟裡的乩童常拿著寶劍，拜託我們讓讓，阿伯總以「小攤不磨大刀」為由婉拒。輪到我們時，外婆拿出四舅竹簍裡的「修眉刀」。阿伯說刀子小，不能用砂輪磨，只能放在磨刀石上輕細推滑。阿伯磨著刀，不時拿近眼前細睇：「這頭路艱苦啊。」我以為磨刀伯自憐自嘆，後來才知，他是感歎四舅。宛如修眉的小彎刀，是特殊刀種，磨刀伯沒用過，但觸摸過它的刀鋒，不忘叮嚀，磨過的刀子利，務必小心。

外婆在三合院後方，造了雞舍及豬圈，我常隨外婆到雞舍飼雞。有次雞群咕咕啄食我的雨鞋，外婆說，雞角仔有點狠性，得要絕食半天，叫我請四舅前來幫忙，且叮囑我這兩日別靠近雞舍，大人要忙正事。翌日，聽到笛聲在晒穀場後方響起，我和大表哥商量，偷偷跟到雞舍，遠遠聽到外婆叫著：「抓緊，抓緊。」我們躲在柵欄後方，瞧見四舅坐在矮凳上，從外婆手中接過被繩子綁住腳爪的雞隻，雞仔咕咕輕叫，拍動翅膀掙扎；四舅左腳輕踩雞爪，右腳兩趾夾住雞翅，拔光雞下腹部的羽毛。

外婆瞧見我們了。為避免驚擾雞群，她輕聲喊「噓」。我靠近四舅，他拿出「修眉刀」，在雞下腹輕劃一口。表哥和我摀住快放聲尖叫的嘴，我又懼又奇，從摀住雙眼的指縫間偷覷，詢問在做什麼？

「閹雞。」外婆簡短二字，明顯警告我們不可再吵。四舅以類似剪刀形狀的擴張器，伸入下刀口的縫內撐開刀口，用夾子探進雞腹內攪動幾下，接著拿出前端套有圓線的竹管，伸入腹內抽動、提起，最後「咯噔」抖轉，舀出一小顆黏有血色的米白色橢圓球，放入旁邊盆中。四舅將雞轉個方向，重覆相同動作，最後在雞口灑些消炎水，雞竟然還可以站挺，很快地走入另一側鋪墊著乾爽稻稈的雞舍中。

我們指著小顆米白球，問是什麼？「雞胇。」四舅正在洗手，頭也不抬地答。「什麼是閹雞？閹了要做什麼？」表哥一連串地發問。四舅突然抓住表哥的手警告，再吵，下一個閹的就是人了。表哥立即拉著我飛快逃離現場。四舅刀落勺起，俐落冷峻的神情，令我直打哆嗦。

阿勇師的神情與四舅迥異。阿勇師閹雞前，輕鬆自在地抓起雞隻湊近嗅聞，掌心順著雞羽撫摸，像中醫師的望聞切。阿勇師說，飼主用心養大的閹雞，常是廟會肥雞比賽的常勝軍，得意說起高雄義民廟許多參賽肥雞，都是出自他的「刀工」。他下刀前，得先檢查雞身有無傷口，氣味是否正常，否則病雞一閹，就成了刀下亡魂。

四舅下刀時神情總是嚴肅，因為力道稍有不慎，危及的是生命。他雖不喜歡此行業，但下刀時，也是心存悲憫。每年，外婆老家慶祝天官大帝壽誕時，供桌前也會陳列一排肥雞，有些彩羽是黃棕藏青近綠，有些則是橘紅棗黑摻白。比賽當天，伯舅們興致勃勃豪氣下賭注，外婆忙著三牲祭拜，姨婆呼朋引伴看鬧熱，村裡到處綁著「恭祝天官大帝聖誕千秋」的紅布條。鞭炮、下賭聲不絕，香灰三牲水果氣味四散。飼主們談論如何研發營養飼料，雞肉才會幼嫩又不顯膩。有些主人在穀中添加碎玉米、麵包屑混雜米糠。

我想起前年，曾到高雄參觀義民爺壽誕廟會，供桌前，十幾隻活閹雞一列排開。通常每隻放山雞約莫五台斤重，這些閹雞重達十五斤以上，細瘦腳爪無法支撐巨大體型，全癱軟地躺臥紙箱中。四周響起鑼鼓喧闐、鈸鐃鏗鏘，麥克風不斷傳來：「二十台斤十兩」、「十六台斤五兩」、「十八台斤二兩」的報告聲……，雞仔們尾羽蓬發，在金色陽光照耀下，亮燦燦的。

小公雞在一個多月大時得進行閹割，否則長大了攻擊性太強，會打鬥互啄，造成養雞戶損失。雞閹過後性情溫順，容易養肥，肉質鮮嫩，適合當作祭神牲禮。阿勇師解釋閹雞的道理，輕拭四寸小刀，接著在空中比劃幾下，雞寮四周充斥咕咕聲與腥羶。

阿勇師感嘆學習此藝的人漸少，且現今多用藥物閹雞。屏東竹田開設閹雞場，仍有老師傅親自教授。他一面解說，不時地吹著竹笛，戲稱只要笛音一響，雞仔和養雞人會自動排列整齊在後方踏步，圍觀者聞此，莫不捧腹。

外婆曾解釋，吹笛是閹雞師傅出現的訊號。當時鄉下每戶人家都有雞舍，響笛聲起，養雞戶便來請師傅幫忙；若雞隻過多，四舅會留宿一晚。當時閹一隻雞酬勞五元，四舅將取出的雞胇賣給餐廳，或賣給以雞胇泡酒進補的客戶，可以得到很好的利潤。

四舅絕少提及閹雞工作，他常翻閱卜卦、姓名及紫微書籍。有時晚上灶房無人，四舅亮一盞燈看書，整個人在暈黃光線中泛著濛濛毛邊。我小聲問他在幹嘛，他叮囑我用功點，否則得做粗活。我想起外婆曾私下叮嚀不可對四舅胡亂發問，她說四舅不喜歡閹雞工作，想轉行。約莫一年後，四舅和外婆爭執，說什麼「命，天註定；運，人安排」，他討厭身上沾有雞味。不久他離家，學習命理卦術；竹簍裡的刀具，被外婆洗好晾晒，從此鎖在床頭櫃中，包括那只短笛。

我問阿勇師，每天和雞相處，不膩嗎？「雞油、雞酒，萬里飄香啊。」阿勇師瞇眼嗅聞，彷彿四周已有香味四溢。他提及以前養雞人家窮困，閹雞師傅得先用自家飼雞練習。初期下刀，手腳兀自顫抖，雞毛一拔，刀未落下，吃痛的雞仔便咕咕拍翅扭動，地上盡是飛散的雞羽。若刀法不準，雞仔會失血過多病亡。

阿勇師爽朗幽默地講述閹雞故事，他依賴此技養家，手上小刀不只碰觸雞隻私處，更觸碰生命來源。阿勇師清銳的笛聲，將快熄滅的技藝吹亮了幾分。四舅吹笛總是陰鬱，恰似吹著心中的苦悶。外婆收起刀與笛，她無法收下的，是為人母的不放心。四舅離家多年後，在鎮上幫人勘察陽宅地理、住家方位及八字運命，客戶尊敬四舅命理堪輿工夫，常到府親迎請教，尊稱「老師」。四舅為雞隻斷陰陽、為人們判吉凶，看似道不同，也都芸芸眾生了。

四舅沒能繼續拿的刀，擱在外婆竹簍裡。阿勇師則亮出刀子，打趣地說，可別小看這一刀，大學畜牧系曾聘請他當講師，教授獨門絕技。我回想起四舅在意的尊卑，該如何界定呢？

「嗶、嗶」，阿勇師挑了一隻健康雞。我已長大，勇敢地睜著雙眼，看師傅拿起小刀，從雞的下腹處，輕輕地劃下一口……

☆（二〇一八年第三十九屆時報文學獎佳作）

（選自《當時小明月》有鹿出版）

65%，台北

王子丹

二〇〇六，65%，台中。

夏天正要開始，我北上，像粽子上掉下的糯米，黏著你。

我還記得，我要離家的那天，我去百貨公司刷了三套昂貴的新內衣，買了*AVEDA*充滿精油芳香的有機保養品，然後從我房間的衣櫃隨手收了兩三件T恤一併放入黑色旅行袋，這些簡單的物品要陪我展開新的人生。兩個妹妹還在摩斯漢堡打工未下班，爸爸在房間看電視，我默默地收好東西，準備離開這個家，媽媽追出來，問我你打算這樣離開我們嗎？我說是，媽媽接過我手上的行李說：「你是我女兒，讓我送你吧！」坐在媽媽的摩托車後座，我因用力抑制淚水而臉部僵硬，不論媽媽說什麼，我只能用「嗯」回應，直到坐上統聯，從車窗偷看媽媽離去的背影，我才伏在前座的椅背哭泣，眼淚好熱好鹹。

我是為了愛而北上的。因為每一次你從台北回來看我，當你坐上車子離開的時候，我就止不住的心痛，為了不讓自己再次心痛，所以我選擇去和你住在一起。

那年夏天，我們就在中坡北路某個頂樓出租小套房裡，展開新的人生。為了怕會像衣服上乾掉的飯粒一樣被你剝掉，我找了一份巧克力專櫃的工作，老闆問我工時很長，休假很少沒關係嗎？我苦澀的笑說工時長很好。

因為你每天加班，因為我不想表現出隨時都在等你的樣子，這是延長關係的辦法。

二〇〇六，65％，台北。

那個夏天，我在一〇一努力地吃著高級巧克力，一邊吃一邊賣，最喜歡65％左右的苦甜巧克力，含一口，微微的苦在嘴裡化成滿腔的甜蜜，腦內啡分泌，憂鬱迎刃而解。我覺得這是「甜」的最高境界，牛奶巧克力和白巧克力充滿一種不勞而獲的甜，只有甜，會不耐吃，90％以上的又太苦，對我來說是一種折磨。我在台灣最繁榮的首都，首都裡最奢華的地方賣著高級巧克力，每天看著這些政商富賈的女友太太們，我很滿意，上班狂吃一顆顆上百元的巧克力，晚上十點坐在一〇一門口等你接我，順便欣賞下班的精品店櫃姐和來接她們的跑車，然後再去五分埔買一九九的衣服包包。

我在台北，我在奢華的巧克力泳池中浮沉，無法上岸。

二〇〇六，150％，台北。

台北夏剛過完，秋風就來。我剛離開台中，二妹十幾年的紅斑性狼瘡再度發病。一直到了中秋節，小妹偷偷打電話告訴我，我才知道。於是我買了我最愛的巧克力，奔到彰化基督教醫院看她，但她不能吃。同一天，醫生宣布她的腎臟已失去功能。那天，表哥結婚，我們家所有的親戚正在酒席上歡慶。我和小妹還有媽媽圍在二妹的病床前哄她，她的肚子手腳整個人因為無法排尿而脹得像一顆西瓜，嘴唇因為洗腎而乾癟脫皮，連說話都很困難，她說大姊，陪我去發巧克力給護士。

我站在她身後，看著她極為艱難的走每一步，看著她因為唾液不足而困難的一個字一個字的對護士說這—是—我—大—姊—帶—回—來—的—比—利—時—巧—克—力—喔。而我只能躲到樓梯間，抱歉的痛哭。

二〇〇六，90%，台北。

十一月，二妹，歿。巧克力對我的抗憂鬱作用，瞬間失效。

好長一段時間，我上班的時候，會躲在復古歐式巧克力冰櫃底下痛哭。只要一有客人，我會立即換一張笑臉，站起來，帶著鼻音介紹巧克力，我心裡氣惱，為什麼買得起高級巧克力的人這麼多。同事中有些人對我充滿了同情，有些人越來越討厭我。我無所謂，我想她們都是非常堅強的台北人，無法理解有什麼痛苦是巧克力和名牌包無法解決的。

二〇〇七，70%，台北。

二月，西洋情人節。我們公司特地從比利時邀請巧克力大師來台，連著幾天，在一〇一現場製作縮小版一〇一巧克力，我每天看著巧克力大師，一層一層的疊著，當他豎立起尖端的高塔時，有那麼一刻，我想著從那裡跳下去是什麼感覺。每當有老闆或是股東到現場，巧克力大師也不寒暄，只是微微點個頭，繼續做他手上的巧克力模型。他是一個高大蓄著鬍子的中年爸爸，終其一生只做一件事，日復一日，做著巧克力。有一天，他拿著一片一〇一的巧克力碎片走到我面前，要我嘗，那現做的巧克力，味道極為濃郁，完全不像冰櫃裡賣的空運巧克力。巧克力熔點極低，一點體溫就能讓它化作泥。我吮吮手指，用殘破英文告訴他我好羨慕他，可以終其一生專心做好一件事。他給了我一個擁抱，說你也可以。然後巧克力大師結束工作，留下巧克力一〇一，飛回遙遠的歐洲，飛回他的家，飛回老婆孩子身邊。

是的，我也可以。我。也可以。所以踏著巧克力大師的後腳，我也離開了，離開這個甜蜜高級又廉價的工作。

而你的工作，始終不變，你一退伍，就離開你原本在台中的卡通公司，北上加入遊戲業每天畫著小小的刀劍人物。你說，台灣本土卡通沒人要看，老是幫迪士尼做廉價代工怎麼行？還是遊戲好，線上遊戲比較有錢途。

我覺得愛上你的我真有眼光。住在後山埤白色窗框的小小套房，我覺得我是五分埔的貴婦，我們什麼都有！微波爐、電視、二十七吋的電腦、PS3、冷氣可以吹整晚，不上班的日子多的是時間，除了夢想，我什麼都有。我們，好富有。

二〇〇九，70％，台北。

我不得不說，台北真好，我的命真好。我們從後山埤的中坡北路搬到南港舊莊一間大坪數的公寓，我們還買了一隻昂貴的貓咪，那隻貓咪有著綠眼睛，瘦瘦小小的身體，寵物店說這隻貓大約三個月大，但是付了錢，帶去給獸醫看才知道被騙了，營養不良的六個月齡，我很失望，我渴望當一隻小貓的母親，你說這不是貓的錯，你就是愛這隻貓，管他幾個月。你越來越愛貓，我的嘴唇我的話題越來越乾，我知道你不介意養著我，就像你不介意養著虛報年齡的貓，可是我介意。

幸好失業潮給了我一個機會，我的運氣真好。政府付錢讓失業的人培養一技之長，我開始忙著上課，我忙著成為一個有用的人，我忙著翻轉。我想如果我跟你一樣有專長，也許我們逐漸乾掉的愛情還有一點機會。

同年秋天，你領到了好幾張股票，隨手賣了，換成各種產業的小股票，我覺得好好玩，好像收集小七的點數一樣，不知道最後可以換到什麼禮物。

二〇一〇，65%，台北。

五月，報稅。去年的收入加股票，要繳五十萬的稅。你說只好去貸款繳稅，因為你手上的小股票都沒有賺到錢。我不相信，又驚又喜，我們真的有錢到這種地步嗎？傻瓜，你說，然後繼續看股票不再理我。

我說，我找到工作了，有人要僱用我做平面設計，你的投資有回報了，我邊說邊戳你的額頭。

我是平面設計師耶，你可以娶我嗎？好吧！起碼可以節一點稅，你頑皮的眨眨眼。

因為繳稅，你負債了。於是我們搬出這個有電梯的大坪數公寓，搬到南港展覽館附近一處老公寓的頂樓加蓋。一個頂樓加蓋了兩間套房，兩間套房面對面，窗戶對窗戶，親密得好不自在。除了冬冷夏熱，對面套房的小情侶總是在窗邊抽菸，煙順著風飄過來，我氣喘就發作。小情侶和我們不同，不，正確來說，應該是和你不同，他們年紀很小，收入很少，總是在大吵，有時我在家裡一邊趕著設計稿，一邊擔心是不是該打電話叫警察。在這裡住了幾個月，有一天你回來說，又發股票了，這次你要賣掉六張。

我說再去買更多小股票嗎？

你說不是，是買房子。

我驚叫！跳起來！對面的情侶架還沒吵完，我們就要搬走了，這就是台北，這就是遊戲業。

在我們買房子的同時，你的同事忙著選賓士，忙著挑女友，有人一個晚上花一萬塊吃鼎王。這些事你還記得嗎？我們有幸在台北，碰上遊戲業最好的時光。

二〇一二，75%，台北。

冬初，在新房子裡，我們還買了*iPhone 4*，手機遊戲真好玩。我好幸運，像中獎一樣我懷孕了，小小的胚胎，我叫他巧達，巧達濃湯的巧達，一週一週過去，姐妹們為我禱告，巧達還是沒有出現心跳，長輩說沒有出現心跳的胚胎還是不要取名字吧！我不管，我依然每天跟巧達講話。

有一天起床，天氣有點冷，肚子有點痛，我到浴室去，發現下面在流血，肚子越來越痛，非常痛，我站著嘶吼，想去沖水，子宮又是一陣疼痛，手掌大小紅黑色充滿黏液的塊狀物掉下來，這怎麼會是巧達。WTF！我憤怒的尖叫哭泣跌倒在地，你從床上跳起來，衝進浴室看我，撿起地上的巧達，丟進垃圾桶。

你叫了一輛計程車，把我抱進去，我的眼淚仍然流個不停，婦產科醫生不管問我什麼，我都不回答，只是哭著。最後離開醫院，你說我們去吃火鍋幫你補一點力氣吧，我才終於停止哭泣說好，我感覺到靈魂的某個部分隨著巧達的逝去而消失了。

二〇一二，80%，台北。

年底，照例這個時候你公司應該要發股票或是獎金了，但是沒有，只有寥寥幾萬元，你不敢相信，我也不敢相信。你說，要還房貸只能努力做手機遊戲拚拚看了，線上遊戲最好的黃金時代過去了，你花了兩年做出來的線上遊戲短短幾個月就關伺服器了，你說現在不管是武俠、奇幻、什麼風格都無法讓 *online game* 起死回生了。

我說還有暗黑破壞神、魔獸啊，你可以試試看！

你笑了，帶著一種酸澀，你說台灣，做不出來。那成本太大了，老闆不給時間。

二〇一三，65%，台北。

年初，我們還是沒有把巧達生出來，你的手機遊戲倒是先生出來了，你說公司允諾會給獎金，所以你拒絕了某家線上賭博遊戲公司發出的邀請，你期待著你應得的那一份。

二〇一三，70%，台北。

年底，你喝了酒回家，你說分紅，公司今年不發了。

你不知道明年房貸還有沒有辦法繳得出來。你一個人上了頂樓，我悄聲跟上去，站在你旁邊，頂樓的風很大，黑漆漆的伸手不見五指。

你站在盆地邊緣，看著這個城市，我看著你。

你在想什麼呢？我有點緊張，為了留在這個城市，我們是不是都犧牲了什麼？這個城市的轉速是台灣最快的，我們像星星快速崛起，也快速隕落，風光過去得很快，挫折過去得更快。我們經歷過神蹟，昨天還住破房，今天就住好樓，這裡，是永不止息的 *online game*。

寶貝你記得嗎？我曾經什麼都不會，但我現在卻是一個平面設計師，我還會寫文章，你看。

寶貝你看起來很累，我們不要煩惱，睡一晚再說吧。

明天醒來，我帶你去看巧克力一〇一，好幾年沒去看它，不知道至今還在不在。不知道巧克力大師退休了沒有，我突然像懷念遠方友人一樣掛念起來，我希望還有人跟我一樣記得他。寶貝，別管房貸了，你知道嗎，我可是唯一一個吃過巧克力一〇一的人。

寶貝，也許明天醒來，我們會找出一種方式，成為一種新的族類。

在這個城市慢慢綻放。而這個城市，總是會有6％的時候，總是會想出新的辦法，新的定義，接納。我們。

☆（二〇一四年第十六屆臺北文學獎散文組評審獎）

占領

洪雪芬

妻在廚房煮晚餐，要我陪兒子看動物星球頻道的DVD，他最愛這片《獅王爭霸》。草原上的公獅懶洋洋地趴著，顯眼的豐沛鬃毛被風吹得像波浪起伏，四周幾隻小獅子兀自遊戲，旁白說母獅們出發去打獵了。

孩子對解說似懂非懂，但興致高昂地看著一堆大貓翻滾跳躍、追趕獵物，那片反覆播放的影片開始說明獅子群的繁衍機制。

繁衍也是眼下家裡最重要的事了。兒子出生後，妻開始全母乳親餵，泌乳激素會抑制母體排卵，性慾跟著降低，這正是嬰兒可以獨占母親的養分與心力，阻擋下一胎的機制。

我當然配合啊，體貼新手媽媽是現代男人必要的。當時看著妻比生產前豐滿不少的乳房伸出手，都被她打了回去：「抓了會痛。」她說：「這是寶貝的食物，你摸了我還要消毒，等下兒子要吃的時候多麻煩！」是是是，兒子最大，我得讓讓。

新生兒在夜裡頻繁的討奶，每晚妻都要起身數次將孩子從嬰兒床抱起，我也常常跟著醒來。後來我們決定，乾脆把嬰兒床撤了，讓孩子貼著妻睡，我去睡客房。半自願半強迫的被逐出主臥室，那張婚前千挑萬選價格不菲的加大雙人床，成了妻與兒子的領地。

她們時常在床上嬉戲，妻用鼻子嗅聞孩子身上的奶味，輕吻柔軟的小手腳，將香甜的痱子粉灑在滑嫩的小屁股上；夜裡相伴而眠，當嬰兒發出索乳的哭聲，我想像妻將睡衣前襟解開，坦露乳房，讓飢渴的口含住發脹的乳頭。那哭聲是一把槍，準確的擊發腦下垂體的泌乳激素，右邊授乳時左邊等不及的滴漏出來，得用紗布巾墊著以免弄濕。一牆之隔的我其實十分淺眠，彷彿整晚都聽到孩兒的吞嚥聲。

曾經我們在那張大床，盡興探索彼此，妻喜歡趴在床上讓我沿著背脊輕吻；我總愛張開手掌抓滿她豐軟的臀肉，記得有一次不慎把酒和冰塊打翻在床上，赤裸的兩個人笑到摔下床。那塊淺色酒漬的區域如今墊上一塊防溺墊，我的兒子正躺在上頭吸吮他母親的乳房，那裡成了我的禁區。

斷奶後妻與子仍然同床，我試過回去加入她們，但兒子的睡相太差總對我拳打腳踢，加大雙人床還是太擠了。孩子長開後越來越像我，同樣一對劍眉與深邃的雙眼皮，尤其一頭髮量充沛的自然捲，妻從前總說我的眉眼好看，歡好時會抓著我的捲髮，現在則經常得意洋洋的誇著兒子，眼光在兒子身邊流連不去。

「開飯了。」妻在廚房裡喊著。兒子蹦蹦跳跳地跑到餐桌前，我不用看也知道，滿桌都是兒子喜歡吃的菜。我起身去關電視，螢幕上有隻已長成的年輕雄獅正準備挑戰領地裡的老雄獅。

☆（二〇二〇年第十六屆林榮三小品文獎）

姊妹

桂尚琳

小的時候，我跟父親許願過想要一個妹妹。

後來妹妹出生了，但我一直到高中才知道她的存在，因為我們的母親不是同一個母親。妹妹的母親現在就坐在她的身邊，在我的對面，笑靨如花。我的母親？總之，她不在這裡。

今天是我奶奶，妹妹口中的阿嬤生日。一家人在日式懷石料理包廂，分別對坐在長桌的兩側。奶奶的右手邊是看護，左手邊是父親。妹妹和媽媽坐在奶奶與父親的對面。我坐在看護旁邊，離所有人不遠也不近的地方。

酒足飯飽之後，開始了不成文的送禮環節。我在父親的眼色之下，雙手奉上母親挑的燕窩禮盒。

「難為你媽了，身體不舒服還準備禮物。」奶奶瞄了我一眼，拍拍我的手，「長得越來越像爸爸了。」右手接著就把盒子放在桌上。

妹妹和阿姨迎了上來，說她們知道奶奶什麼都不缺，所以規劃了家族秋天一起去京都的行程。奶奶笑著說阿姨跟妹妹長得越來越像，兩人不像母女像姊妹。

我看著妹妹娃娃般精緻的臉，她身上看不出父親的影子，自然也看不出我和她相連的一半血脈。

可我們是貨真價實的姊妹。

透過我父親連結在一起的姊妹。

透過我父親連結在一起的姊妹不只我們這一對。

女侍送來飯後日式甜品，兩顆日式和菓子旁邊附著一個小木叉。阿姨笑著說這個之後去京都吃道地的比較好。

「姊姊有空到時也歡迎一起去。」阿姨微笑轉過頭來跟我說。姊姊說的不知道是我還是我母親。

父親在擇偶標準上很有問題。找女人也是跟買車一樣，同樣的品牌同樣的車款，只是*newer model*。不過也許是因為這樣，母親才默許了阿姨和妹妹的存在，像是精品容許贗品在市面上存活一樣。

不論精品贗品，都與我無關。我像爸爸。

口袋裡手機的訊息聲給了我不用回答阿姨的完美藉口，我微笑對她說了聲抱歉，滑開訊息將神識移到另一個宇宙。

在那個宇宙我也有妹妹。

透過陽具而串連在一起的妹妹。

一定不只一個，但她們的音容笑貌我無從得知。

我也做過別人的妹妹。

回想第一次遇上砲友跟我高中同學上過床的事，一瞬間我感覺那個女生和我是一根木叉上的兩顆和菓子，被陽具刺穿綑綁在彼此身邊，長出比任何人都親密的關係。

「他也上過妳？同樣的約會行程？同樣的前戲？同樣的性？」

我母親也對阿姨想過一樣的問題嗎？

我曾經那樣糾結，但現在已經見怪不怪。

看著妹妹和阿姨抓著旁邊的親戚聊著工作、戀愛、想嫁給怎樣的男人、生孩子之後的困頓，突然就覺得夠了。

我提著包包起身，向大家短暫致意說工作有事得先走，一個轉頭就將上世紀姊姊妹妹的故事留在身後。

在下樓的電梯裡，我關掉一個煩人砲友震動個沒完的訊息提示，打開下方一個已讀未回的對話框，回覆我三十分鐘之後到他家。對方立刻已讀，回了一個俐落的拇指符號。

我不再在乎成為誰的姊妹，與其當木叉上的甜品，我選擇當木叉。在父權、體制當道，姊妹橫行的這個城市，我像爸爸。

☆（二〇二三年第十九屆林榮三小品文獎）

最好的時光

龎宇伶

最好的時光結束了，我默默在心中反覆咀嚼碎片，一一嚥下。

「上個月郵局 **APP** 不是已經幫你申請好，你也說能用了，為什麼還叫我幫你匯款？」妹妹挺著八個月肚子，坐在椅墊上，眼睛沒離開過手機。

「下載了，但還不太會用，可以先幫我轉這筆學費嗎？明天就是截止日。」她的嘆息聲伴隨而來，我壓抑上揚澀意，離開令人難以喘息的房間。

「姊，你覺得他好不好？」這是她與他相遇那時問我，感覺微笑不自覺從她嘴角溢出，聽著一遍遍約會經歷，讓不便出門的我似乎也與他們同喜同憂，妹總仔細描繪雙方交往甜蜜，想讓我看見他最美好一面。我知妹妹心裡繃著一根弦，擔心我因她外出約會被忽略而生煩悶，她總花許多心力平衡剛失明不久的姊姊與未來丈夫之間關係，也希望我能喜歡他如喜歡她自己一樣。那日 *Lily* 阿姨站在灑滿溫暖陽光落地窗前特別叮囑我的畫面閃過腦海，「你妹妹下個月就要嫁出去了，可得要作好準備，離了門的女兒就是別人家的。」

那時我沒反駁阿姨好意，一點都沒放在心上，我相信我與妹妹一路相伴的姊妹情不可能輕易改變。

「幫你轉好了，還有什麼需要幫忙的嗎？如果沒有，在坐完月子之前可能都沒辦法再幫你做些什麼了。」她起身向外，準備與丈夫離開娘家。看不見的背影，捲起地上慢慢堆積塵埃，嗆得人眼淚盈眶。

「垃圾桶。」我趴在床上只剩微弱聲音，手伸出病床外。妹妹快速將乾淨的垃圾桶放置於我朝地面的臉下。前天的視網膜剝離手術非常成功，但我對麻醉產生嚴重過敏，不斷乾嘔只剩酸水。妹妹輕撫我緊繃背部肌肉，在只能趴在床上受擠壓的胃部下墊上柔軟矽膠，冰涼涼毛巾覆蓋在發熱升高頸上，只希望我能好受些。

「姊，要吃些東西嗎？你已經將近二十四小時沒進食，這樣胃可能會更難受。」胃部抽痛也抵不上心情低落，術後眼睛並未看見更多，被醫生喻為像皺紋紙的視網膜應是沉沉睡去，大概沒那麼容易被喚醒。

「還是別吃，一吃更想吐，現在就是好想洗頭呀。」我試著轉移毫無胃口的事實，感覺身體的細胞也不斷向我叫囂，「你怎能失去視力？」

「不然我幫你抓抓。」妹妹假裝伸出魔爪朝向我的頭，後自然轉向肩頸背與腰，輕揉捏抓，手掌順勢張開安撫呵護，如同對初生嬰兒般，術後身心痙攣慢慢止息。

意識逐漸鬆弛，接受視網膜手術已是看不見後第四年，黑暗侵襲光明日占上風。曾經眼睛帶我走在生命頂峰，全日揹著 *Canon* 全幅相機，補捉大自然無法預測卻令人敬畏的清晨黃昏與夜晚，透過各色濾鏡看見人們臉上歡喜憂傷或驚喜。最美甚是你只要睜眼就會看見，只要想走就能隨興跨出門檻，只要想做沒有人能真正阻擋，世界遼闊從不設限。

而我的人生因視力減損回到原點，像是數字零縮到最小，只剩下一個黑點，黑點的黑是眼前僅見。世界不再繽紛，陽光不再對我燦爛，不論這個圈再大或更小，我已經真正成為這個世界的局外人。

「姊，你會一直陪著我吧。」妹妹帶著鼻音軟糯聲音從黑暗一波一震傳來，將我狠狠震出此刻腦海中的迴圈。

「你等一下怎麼去看醫生？」今天是妹妹帶二娃回娘家住的第二天早晨，是我失明後的第十二年。

「會搭復康過去。」真正想回的是，自己會想辦法，不勞操心。

「那你和朋友怎麼約？」她繼續問。

「我會和個人助理約在醫院旁加爾第咖啡門口。」沒有多餘想說。

「哦！這樣會花很多錢嗎？」感覺話音有點飄渺。

「沒關係，這我也得慢慢習慣。」聲音轉向朝外，孤寂飄蕩在空氣裡。情緒無法受控破胸而出，說好永遠陪伴卻到今天才關心眼睛如何複診，說是永遠呵護，卻直接安排爸媽今天為她小孩奔走，讓我一人孤獨就醫。此時關心只裸露無盡蒼白，這類窘境自有二娃後愈演愈烈。

「你們可以先去同層樓的身心障礙鑑定室，拿號碼牌鑑定後再批價。」經過身邊的眼科護士，在我與個人助理走出診間卻不知下一步該去哪時，熱心指引。

「謝謝。」助理與我同聲道謝。

「你的大名？」對面鑑定師詢問，一籮筐的問題開始向外倒，「你除了眼睛狀況外，還有其他症狀嗎？眼睛都有定期複診嗎？目前都和誰同住？與家人、朋友相處溝通都順利嗎？有工作嗎？生活中是否有遇到什麼無法解決的事情？……」

這些問題在五年前，妹妹陪伴時曾被問過一次，今年不同的是陪同者在門外等待，眼睛沒有變得看得見，耳朵仍是主要輸入管道，不同的是視障重建歷程發生了些變化。剛看不見時，我無法獨立外出，不像現在已有正職工作，更不想和人群有頻繁接觸，當時自認局外人身分充滿每個細胞，外界一草一木只剩無光慘澹。從醫院回到家，只剩下妹妹大兒子齊齊與在廚房準備晚餐的母親。

「你媽媽呢？」我隨口向二歲八個月孩子詢問。

「妹妹痛痛。」我猜想應該是最小的不舒服，先帶回自己家照顧。

「看媽媽。」齊齊將我手中的手機推了推。

「哈囉！」孩子響亮明快向媽媽問好，我隨意打了聲招呼，並盡量將鏡頭對準小齊齊。

「在外婆家要乖乖，聽阿姨的話哦！」電話另一頭是水聲又是叩叩叩，各式無法辨識聲陸續傳來。

「會乖乖。」呆萌聲音傳回手機那端。

「哇，哇，哇！」手機再也沒聽見妹妹說話，只剩一陣陣沙啞喘不上氣的嬰兒哭聲。

齊齊將手機塞回我掌心，一蹦一跳去廚房找外婆。手機沒掛平放於小茶几上，我順勢平躺在床，眼微闔，去醫院總讓人喘不上氣。忽然被震耳令人頭暈哭聲驚醒，一噗一啾，應該是吸鼻器卡住濃涕。淡淡睡意繼續襲來，隨之而來是掛斷後的靜音，可惜無法繼續陪伴。

「開飯嘍！」齊齊像隻西班牙鬥牛闖進我房間，迅速將我身上的被子大力掀開，有力的小小掌心還順推了我猶豫不起的背。

「齊齊牽阿姨去吃晚餐好不好？」孩子伸出小手，準確無誤放在我的大手裡。

「還要吃蛋。」齊齊嘴裡咀嚼同時也為自己謀福利。

「好呀，吃完蛋後，阿姨可以親這裡嗎？」我指著他粉撲撲的小臉蛋問，孩子立刻用力搖搖頭拒絕我。

「抱一個好不好啊？」我知道這孩子自一歲多就不愛給人親親小臉頰，就像個小大人，突然齊齊湊上他的額頭抵著我正彎腰為他擦臉的額頭，並呵呵笑得很開心。

「那親這裡可以嗎？」我再次挑戰，點了一個額頭偏髮際的位置。

「好。」齊齊這次乾脆俐落點點頭，當我用力用力啾下去時，他笑得更歡，小小的手抱著我頸子回親我額頭才放開。真的好像，好像妹妹三歲天真可愛，滿溢熱情的她，我不自禁抱了一下又一下。

是醒還是夢，聽見妹妹麻木疲倦的聲音對我說，「剩下要靠你自己了。」交雜嬰兒哭聲、吸地板聲、洗碗聲……「姊姊你真棒，這麼難的證照一次就考上，真是我的驕傲，有誰可以和你一樣厲害。」「姊姊，這是送你成功找到新工作的禮物，是你最喜歡的香水類型，含有花香與沉香木，名為『*Les Sables Roses*』，希望當你面對客戶時能展現屬於你的自信與美麗。」「姊姊，我最愛你了。」原來她已陪我走了很遠很遠，緊密相握的手未曾放開過，只是我們都正在經歷不同人生，我的心終於沉靜下來，除了看到自己也重新見到她。

淡淡天幕，微光滲透，似水年華流入宴會廳，幸福旋律隨之飛舞，玫瑰花香吹拂粉面，小花童走在三步前勾著花籃歡快灑出花瓣，我與身旁伴郎配合彼此呼吸與步伐，穩定一起向前，失明六年後我再次昂頭踏上紅地毯，重啟勇氣接受眾人目光。婚前三個月，妹妹早中晚不間斷邀請我成為她的伴娘，我滿心擔憂會為婚禮帶來黯淡色彩，而憂心不決，妹妹最後說服我，「姊，我只要你有在就好。」

☆（二〇二四年第八屆瀚邦文學獎視障組小說類第三名）

落水

廖桂寧

有個夢，曾反覆上演揮之不去。夢裡，我死了。

墜身深淵我沒有掙扎，只感覺呼吸困難，隔著水面望見岸上同伴們歡笑追逐，沒人注意到我的消失。平時懼怕在水中張眼，此刻卻窺得水底全貌，如默劇般，無數細碎水泡在銀灰波紋間竄升將整個人輕輕環抱，身體與之逆向緩緩降落，眼看就要沉入無盡黝黑之中……畫面瞬間轉換，我以鬼魂之姿，全身濕淋淋地回到親人身邊。

死亡祕密無人知曉，依然對我笑談日常瑣事，勾指立誓：「將來一定要實現哦。」一強作微笑，這些話卻溢滿胸腔，成為沒有宣洩出口的哀傷。反覆思索是否該宣告事實？為何沒人在意異狀？

鈴聲穿越夢境刺痛腦膜，迫使雙眼睜開，活著回到現實世界。醒了，鬱悶卻濃郁不化。

水中死亡之夢，該是我不諳水性的關係吧。

不識水性的何止是我？家中前院有個小魚池，平常不怎麼顯眼，但狗兒 *BOBO* 掉進去過。無論如何威嚇，不能阻止牠躍過池邊去小坡上玩耍，某次跳躍剎那癲癇症發作，全身僵硬跌入水中。求生本能驅使，牠低聲嗚哭，聲音不大，卻剛好傳進我的耳蝸。

急忙將牠撈出照料，誰知才剛恢復，險些滅頂這件事彷若不曾發生，牠再度攀上池邊小坡，教人生氣。隔壁的兔子就沒這麼幸運了，越界來玩耍卻不慎落水，彷彿我的夢境真實上演，牠靜靜無聲失去生命，被發現時已成漂浮水面的皮毛一具。

掙扎過？也許天生無聲？

不，牠們會哭。

弟弟說過一個故事：某堂課由老師親自操刀示範活體解剖。為了觀察淋巴循環，兔子氣息尚存就被開膛破肚，痛苦難熬的牠出聲哭了。

「就像細弱的嬰兒哭聲……」弟弟這麼形容。嚶嚶泣聲隨著敘述脹滿整個空間，聲聲迴盪，我用力摀住耳朵。

溺水的兔子和無數哭泣的兔子身影相疊，發出哀戚聲響求救。我聽見心中回音：救我。

遙遠的記憶，一個炎炎夏季。

新開幕飯店附設沙灘，為了避開人潮隨機選擇的，不曾踏足之地。界限框圍的小小海域不足以產生令人驚艷的浪花，抱著泳圈，我走近警戒線邊緣（這裡就夠深了），一個浪頭翻躍，將我送出界外。

警戒線就在眼前，無法觸摸；那道線，切開聲音。人們的笑聲尖叫聲，浪花翻起捲向岸邊的聲音，都在線的彼端；留我隱身這端，大海連向天際，悶悶無聲。側身將臉貼向水面，聽著撞擊身體發出的嘩啦聲響。

該求救的，喉嚨發不出一點音聲。

兩腳奮力向前滑動，卻一直退後，我慌，會漂去哪裡？彩色人影逐漸遙遠，我被吸向後方那一片遼闊寂靜中，唯一噪音是強烈撞擊的心跳。我猜想，該是用力過頭的反效果，若靜止不動，水流會將我推回岸邊。於是，如水母般掛在泳圈上，身體隨著緩緩的波動輕晃搖擺。再給我一個浪，將我推向前方。我祈禱著。

眼前出現熟悉身影大步踏水而來，父親英勇撥開浪潮阻擋，伸手一拎，我回到安全範圍內。

得救了。正想抬頭對父親訴說委屈，卻見他轉身怒視，趕緊低頭，噤聲。

不知情的家人，父親的臭臉破壞遊玩興致，於是母親說：「回家吧。」一個無趣的地點，一段提前結束的行程，飯店已不存在，記憶早被更多燦爛陽光給晒到蒸散無蹤。

他們已走遠，我還留在水中。

☆（二〇一一年第一屆新北市文學獎小品文第三名）

國度

廖桂寧

我在想海倫凱勒。

眼前的*BOBO*睡得正香甜，我已經站在前方好一會兒了，牠還渾然不知。已顯老態的牠，清醒的時候，還能靠著日漸衰退的視力掩飾，向我們演著戲：「瞧，我有聽見你在叫我。」一旦睡著，聽不見一般聲響的牠，便關閉了所有對外接收訊息的管道，專心且安心的存在另外一個國度。

我很想知道：海倫凱勒在沒有變成努力向上的偉人以前，她存在的那個沒有外界訊息的國度裡有些什麼？也想知道：此刻中斷訊號接收的*BOBO*，究竟往哪裡去，牠遊走的世界有什麼？牠看見什麼？

我站在這裡，等著牠回來。我知道：等牠睜開眼睛，就會回到這個世界，以彼此都能理解的方式互動。但是外婆當時的世界裡，究竟有些什麼？我始終無法獲得答案。

外婆是何時橫跨兩個世界的，無從得知。也許早在很久以前，但正式知道她遊走兩個時空，因為她跌倒了。

「有沒有怎樣？」醫生問著。

「下巴撞到了。」外婆笑著回應。

她想幫忙將晒在竹竿上的衣服收納，結果就在陽台上突然跪了下去，下巴直接朝牆撞去。前往醫院路上，她一直笑著說：「唉，老了啊！現在常常覺得膝蓋沒力。收個衣服而已，突然腳一軟，就跌倒了。」

巴金森氏症合併老年癡呆，是我沒料想到的答案，暗暗後悔著：之前她老是笑著說自己膝頭無力是一種警訊，我沒有接住。

在住院檢查的第一夜，我親眼看見了她走入迷蹤。

「我該去洗米啊！妳媽要回來了。」下午四點，外婆竟然當自己還在家中一般地說著。

我抬頭望向她，錯愕得不知如何是好。

「我們在醫院，不用洗米。」我以為她是一時恍神。試著讓她了解，我們人在醫院。

「不行！四點了，等一下妳媽回來沒有飯可以吃。」完全不理會我，外婆執意出房門，我只好順從她，兩人沿著走廊晃了一圈。

「妳舅舅回來了。」傍晚時分，外婆對我說。

「舅舅?!」

「對啊！他現在在樓下停車。」

「舅舅不在這兒，這裡是醫院。」我又重複了一遍，但是我卻開始失去信心。我看著外婆，她身後的白牆慢慢隱退，我看見她安適的坐在外婆家中客廳的那把藤椅上；她目光的焦點，是客廳前方的落地玻璃門，樓下有著她熟悉的機車聲響，剛剛熄火，噠噠的腳步聲順著樓梯一階一階地變大，停駐，鐵門上的鑰匙孔有插入轉動的卡嗞聲……我搖了搖頭，用力握住外婆的手腕，希望這一點痛感能將她喚回。

如果是以前，我一定會捏 *BOBO* 的耳朵，將牠的耳朵高高舉起，以惡作劇的方式叫醒牠；以狗兒天生的好耳力，要能有這樣的機會並不多。但是，隨著年紀增長，夢中世界有更強大的能量將牠留置，我總是站在牠面前，看著牠動動眉頭，抽抽鼻子，有時耳朵還會突然往上豎一下。夢裡，有什麼惡獸驚嚇牠嗎？還是我早上對牠太嚴厲，此時我化身為壞人正將牠追逐？我就這麼自行猜測那個牠無法以語言告知的劇情。而牠的睡眠，越夜越深沉，越是夜晚時分，牠越無法感覺身體以外這個世界的存在。暗夜究竟有什麼樣的魔力？為什麼外婆也受這股力量控制？在醫院的那天，隨著天色越黑，另外一個世界對外婆的召喚能力越強；我能掌握的部份，越來越少。

下半夜，朦朧中看見身影晃過。早上因跌倒而行動不便的外婆，此刻正舉著支撐器，快步走了起來。我被嚇得完全清醒。

我叫住她：「外婆。」

「噓！有小狗。」她將食指壓在嘴唇上，朝我比了個噤聲的手勢。

「哪兒？」

「在那啊！」

我朝著所謂的那兒看去，除了一張鋪著白色床單的病床，什麼也沒有。

「就在那兒啊！妳在做什麼啊？」外婆怒吼了起來。

「哦！牠跑掉了！沒了！……來，我們去睡覺哦！」我蹲下，朝那隻狗看了一眼。

但，那是一條什麼樣的狗呢？外婆看見的，是她記憶中曾經有過的，還是一隻全然新的角色？家裡以前養的小黑嗎？或是她幼年時期養過狗？她眼前似乎有一幅不同於此刻醫院病房中的景象，那麼，即便她正跟我對話，在這幅景象中，我以什麼身分存在？是她的孫女，或者以她設定的角色扮演在其中？我有疑惑。

等不及我在隔天找答案，外婆又在夜晚上演夜奔。眼睛才一張開，外婆已經離開床上，跑到對床去，將她早先脫下的褲子塞進床下。

「外婆，妳在做什麼？」我感覺到自己在憤怒，對於眼前的失控在憤怒。

外婆沒理會我，像是我根本不存在般。我把褲子從她手上拿下來，卻發現：她尿濕了。毫無經驗的我找來值班護士求救，在一番折騰中，外婆沉沉的睡著了。

沒人告訴我，這樣的病症會讓一個人退化，我看見一個大人的身軀做著三歲小孩才會發生的行為，無法克制的驚嚇以至於生氣。

我可以當作那是外婆在夢遊嗎？我也夢遊，聽家人說，我曾在某些夜裡，走動了起來。「妳半夜嚇死人了，一張開眼就看見妳，頭上摀著棉被，只留下兩顆眼睛，站在床頭瞪著我看。罵妳：『幹嘛？』妳只是朝我笑一笑，轉身就回房裡了。」母親晚餐時將我的事情當拌飯小菜說著，我想摀住耳朵，因為那不是我，不是我所知的我。記得中沒有做過這樣的事。以後，不斷的有人在茶餘飯後，或笑談或埋怨的說著我的夜行事蹟，某天妹妹向我抗議：「妳很可怕耶，昨晚坐起身罵人。」

同房的妹妹，難得夜讀，那天她反常的在半夜起床，準備隔天的月考。才剛坐在書桌前，調整好書本及燈光，據說我在此時坐了起來。

「妳也要起來讀書哦？」妹妹問我。

對於她的詢問我沒有回應，開口就是一陣罵。但聽不出內容，我嗚嗚啊啊地指向前方叫著，又急又快，語調也不是很清楚。

咚！

沒有任何徵兆的，我突然倒回床上，繼續睡眠。她嚇得決定收拾書本，不願再獨自醒著讀書了。這件事情讓她很久都不敢夜讀。

夢遊時的我，究竟有怎樣的經歷，看到什麼罵了誰，走去哪裡為何笑，這是屬於夢境的，一旦搭乘時光旅行機回來，便會將記憶遺置，不會過階回這個世界。外婆跟著陽光的通道踏上返程，恢復平時的溫柔，說著彼此都有記憶可供確認的事件，晚上發生過的一切，對她像是從來沒有的事。

白天跟晚上有兩個外婆！一到晚上，她便逕行前往那個只有她能進出的國境，無論我們如何阻止。

夜色來臨，外婆越走越遠，她會說一些不存在的狀況。在醫院裡沒有陽台的窗口，一株綠色樹藤攀懸進來，越長越高，爬滿天花板；夜裡，會有一雙眼，附在玻璃窗上盯著她看，一眨一眨不懷好意；天花板破了個洞，她看見了洞中閃著滿天星光。而越是恍惚，她一改白天的溫柔態度，變得凶暴，步伐輕快得完全不需要支持器。

我開始無法分辨，哪些時候，外婆說的是我沒聽過的往事，而哪些是不存在的事件。她有些生氣的對我說：「怎麼我恍惚妳也跟著不清楚起來。到底是妳在傻還是我在傻？」

我知道當我們在睡夢中，也有另外一個國度，有時候，不是很容易回到現實世界中。常常，夢裡進行的劇情中，隱隱伴著刺耳的鈴鈴聲，直到整個腦中充滿聲響，頭痛不已，才發現這聲音是鬧鈴，回到現實世界。

但是我不知道，可以用什麼樣的鬧鈴將外婆喚回。

「嗨！外婆。」正在跟母親閒聊，就見外婆僵直著膝蓋，步伐蹣跚地從房門裡走了出來。

沒理會我，外婆逕自走向院子。

「外婆，妳要去哪？……」我尾隨其後，看著她將門拉開，走向庭院。我故意重複問著，希望她回應我：「我只是想去院子裡走走。」我的呼喊沒有能力摧毀那個世界。

「隨她吧！」母親要我放棄。

不到十分鐘，妹妹從院子裡喊叫著：「媽，外婆怎麼了？」

外婆緊抱著大門邊的柱子。

「我扶妳進去，好不好？」我試著將外婆的手拉開，但是她不願意，緊抓著門柱不放，手指緊緊扣著，完全無法扳動。

「不要，我沒力氣走了。」她搖著頭說。

「算了，等她站累了，我再把她帶進來吧。」母親這樣說。

就在這之後，母親為了阻止外婆開門，被甩了一巴掌。

家人中有過夢遊歷史的，只有我和弟弟，明明就睜著雙眼在走動，但究竟看見的是什麼卻無人知曉，在別人眼中可能極為恐怖吧。老人家稱之為中邪。聽說只要拿牛角在額頭前方壓鎮，就能夠回神，客廳當年有一隻美麗的牛角，擺在入門對角的茶几上。幼年時，看過弟弟睡後突然驚慌的嚷著：「不要殺我。」在房子裡上上下下的奔跑著，父親將他一把擒住，舉起牛角作勢要打，不一會兒，弟弟便安靜的醒過來了，牛角發揮神力亦或僅是碰巧剛好，我們誰也不知。

牛角會不會是讓外婆回神的法寶？

學生時代，曾有一度流行催眠表演。一個個所謂的催眠大師，拿支懷錶在受催眠者眼前晃動，要他們仔細聽著指令。一旦催眠開始，他們便依照指令做著不知道為何而做的行為，在我們這些所謂清醒的人眼中，有一份滑稽；也曾聽說，能利用催眠進行心理治療，透過催眠師的指引，他們穿過層層心靈幽境，去尋訪自己封鎖的記憶。

「妳媽媽對不起我。」一天，外婆突然對我哭了起來。

但接下來她沒有再說過一句能讓人理解的話語，所以，這句話是憑空想像，是深埋心中的某種情緒從深處竄出，始終無解。

外婆的內心世界究竟有些什麼，我沒認真了解過。身為傳統婦女的她，沒有把自己的心事剖開給人關心過；也或者，在我們所忽略的叨叨唸唸中，蛛絲馬跡細細的流動其中。

電視上的催眠秀結束，催眠師優雅的將手舉起，拇指與食指摩擦，在清脆彈指聲中，受催眠者醒了，一雙雙困惑的眼神，逗得觀眾哈哈大笑。如果可以，我也想「噠」地一聲，對外婆說：「醒來。」

外婆昏迷後，我產生更多的問號：她就此完全的在那個我們看不見的世界裡遊走，還是靈魂反而被拘鎖在這個不能發出訊息的軀殼裡清楚著？

外婆住院的第三天晚上開始，我擔任夜班的照應工作。替她翻身時，不小心扯到連結在鼻上的管子；一個不留神，管中的水因我做的翻身動作而回流，外婆被嗆得瞪大雙眼。「小心一點。」我覺得外婆的睜眼是對我的抗議，即便護士說那只是反射動作。對我所做的一切，外婆到底有感覺否？還是她其實人在他方，正跟那隻小狗玩耍著？有時，我會期盼她處於後者。

某個夜裡，我睜開眼睛，看見在外地擔任護士的小妹站在床頭，檢查著外婆身上的機器。

「外婆，我回來看妳了，妳怎麼了啊？」小妹溫柔的說著：「外婆，我要幫妳翻背囉！……外婆，我們來抽痰。抽完妳就會比較舒服哦！忍耐一下……外婆……」

我假裝還睡著。每句話，每個溫柔的觸摸，外婆此刻一定清楚的聽著感受著，只是身體無法給予回應訊息。一定是這樣。

外婆過世了，那又是一個另外的世界了，這次她所前往的，是確定不會回返的國度。

誦經聲伴隨的鈴聲，是要她安心上路，順利前往亡者之國的引路幡；一聲一聲，不是喚她回來，而是請她好走。

眼前的 *BOBO* 睡得安詳，多心的我，視線移向牠起伏不大的胸口，微微昇降的背脊確認牠的呼吸。

我站在這裡，等著 *BOBO* 回來。要靜靜的等，不能不耐，因為我知道牠再一會兒就回來了，現在粗魯的將手放上牠的身體，只會驚嚇到牠。我輕輕的將掌心移向牠的鼻頭，暗自希盼我的味道，能是喚牠回來的信號。

☆（二〇〇八年第四屆臺北縣文學獎散文組佳作）

終點

鄭娟

凌晨四點，車朝北疾駛。道路在沉睡，街景已凍結，窗外天色未明，卻已從深黑退至暗灰，接下來便是可預知的黎明。無論樂不樂意，人們總要迎接天光，一如我和母親必須定期面對那扇慘白的門。

醫院老愛搭配白色調，無彩度的冰冷，隔絕了審判場域，直盯著也教人發毛。那日醫生說，想跟我單獨談談。走出診間，母親看我的眼神就變了，突如其來的視線，讓我閃避得有些狼狽。

「拄才醫生佮你講啥？」

「嗯……伊講這擺的藥仔效果無啥好，建議咱配合電療同齊做，按呢較有效啦。」

我混亂地篩選醫生的發言，能說的，卻是最無關緊要的。

「哪會遮爾仔費氣。咱就共囥咧，莫插伊，好否？」母親以問句將選擇權拋出，好似我能主宰她的未來。

「還剩半年吧。」醫生說。

「接下來轉移到任何器官都有可能，會引發一連串的併發症，然後不斷地進出醫院，那時就差不多到終點了。」醫生不過是準確率較高的算命師，畢竟恐怖大王的預言，至今也沒讓世界毀滅，我拒絕相信。

標靶治療的副作用，讓母親行動緩慢，她仍顫抖著雙手準備吃食，唯有勞動能帶領她度日。幾度母親的安眠藥物無法代謝，整日癱坐沙發。不喊餓，食量卻大得驚人，反射性吞嚥，來者不拒。她嘴邊不停地滲出米湯，男人邊擦拭邊嘆氣，嘆氣聲連結了沉默，沉默通往憤怒。

「姦！你哪會變甲按呢！」男人哭了。

他擅於塑造自己善良的形象，即使身體裡存在男人的基因，我卻已失去解讀他淚水的能力。

接過男人手裡的湯匙，母親看著我，眼神和白粥一樣單純溫和。她的意志被病痛攻占，雖無奈，但她迎接。自此，我開始想像她生命的盡頭將呈現何種姿態。

過程可能很平和，我們在安寧病房道別，充滿嗎啡的身體乘載著她的靈魂，靜靜地離去。或者，過載的壓力消蝕了情感，我抱著怨懟，暗暗祈求上蒼早日將母親帶走。

母親未食安眠藥的日子，清醒時間變多，能做的事卻更少。每日互道早安的雞群，再也無力餵食，只好託鄰居全殺了。雞舍旁的菜圃也放著荒廢，任蟲鳥啃噬。男人面對母親的時間越長，情緒越煩躁，他不斷地叨唸起往事。

男人往城市發展那幾年，家鄉流傳著妻子的流言。藏在抽屜底層的判決書寫得詳細，傷害妻子那人被判了刑。男人從未心疼妻子無力對抗而隱忍的委屈，只恨妻子讓他抬不起頭，他搶走第一受害者的角色，暗指妻子早與對方眉來眼去。

隨著被告自殺身亡，妻子再也發不出聲音了。沒有人對真相感興趣，八卦才是主流，謊言像滴在宣紙上的墨汁，緩緩渲染，日復一日，男人的版本成為真實。

他說，接納妻子是為了保持家庭完整。男人的完整家庭，需要一個隨意指使的奴婢、一個發洩的出口和另一份薪水。

男人從不避諱，在兒女面前肆無忌憚地嘲諷：「討契兄啊你毋就上勢。」我早已學會壓抑怒氣，充耳不聞，自顧自地說起別的話題。對抗男人得不到正義，反招來更猛烈地攻擊，他深諳報復之道，對付捍衛母親的孩子，心疼是罩門。母親是男人的護身符，是抵押在家鄉的人質。即使男人身邊的女伴從未間斷，我全知情，但隻字未能提。

曾想帶母親逃離，她卻不回應我的試探。母親看出我力不從心，不忍將擔子放上我肩膀，她總說男人只是嘴壞，其實很照顧她的。而我竟錯認母親仍深愛著男人，失望憤懣，直到日後從連續擲出的陰筊得知，她恨得連與大家親族同葬都不肯。

母親睡眠的時間越來越長，甦醒時亦是沉默。面對即將逝去的生命，男人心慌了起來，他重新搬回母親的臥房，仍逞強地說：「若毋是伊半暝起來定定跋倒，啥欲佮伊睏。」男人展現善意之際，也悄悄地引來流感病毒。

身旁的男人服了感冒藥後酣睡，母親卻無法入眠。她覺得身體往下沉，費力掙扎才能浮出水面吸口氣，上上下下，她幾乎要放棄了。異樣的空虛感瞬時從腹肚升起，急需填塞的飢餓，驅使她勉強起身。

母親喉頭乾涸，渴望熱湯津潤，翻找櫥櫃，眼下唯有速食麵可滿足。滾水注入，碗裡的蒸氣飄散，香味周圍環繞，一口一口，她品味著最後的濃重與貧乏。喝完湯，母親再也沒有力氣了，瞥見窗外雪花飄落，她怔住了，眨眼間白黑交錯，漸漸遮蔽了所有。

「……北台灣……超強寒流……罕見降雪……」車行至山區，收音機的聲音斷斷續續，沿著山路往下繞，老家就要到了。雪白將樹木覆蓋成平面，前方的路與山壁沒有分界，連成一片，我不得不停車。

此時暗灰緩緩淡去，薄雪也將在日出之後消融，萬物展現。而這雙模糊的眼眸，再也看不清這個世界。

☆（二〇一六年第三十七屆耕莘文學獎散文類首獎）

白雲歲月

孫大白

簡單日子要怎麼簡單，我們不知道，只是朦朦朧朧地去嘗試。

整月以來，門鈴響過一次，一位小朋友問我們能不能為學校教育基金而捐獻，我們欣然付出幾元得到一小板巧克力。

隔壁鄰居的小孩在玩球，他們跑跳叫喧的聲音聽得不很真切，但偶爾球會越過圍籬，一陣沙沙聲，有時伴隨著一些落葉，隔壁就會寂然無聲。

夜晚來時，燈起二處，一處在書房，一處在繡房，繡房的燈光斜向庭院，從書房這邊能看到那草坪微起的暈亮。夜的蟲鳴不知何時而起，唧唧，唧唧，一天的夜又近了，那夢也就不遠了。

*

一張小圓桌，坐得下四個人也坐得下五個人。院子裡有花，桌子上有壺清茶，坐在這裡可以看花也可以喝茶，但我們通常都無暇及此，我們專心來這裡上課，我們的英文老師幫助我們了解英文該怎麼說。

日子在朗朗聲中送走，也從竹籬間溜過，日後可曾記住什麼？或許只那一壺清茶依稀記著那矮籬下的小花。

*

一條土司通常有兩片麵包會帶有硬皮。以前我很喜歡吃，後來因牙齒不好就轉給小鳥吃了。小鳥知道這家有愛心麵包，就常來坐坐，籬笆上的小鳥站成一排，像譜曲裡的連音符；樹枝上的小鳥吱吱喳喳，像大樂隊在試音；屋簷上的小鳥不時的揮動翅膀，像個指揮家；草坪上的小鳥頭一啄一啄的，像演唱家在鞠躬謝幕。

愛心鳥越來越多，一清早就齊聲歡頌，老伴覺得被歌頌得太偉大了。後來不知哪裡來一隻花貓藏在樹叢下不時偷襲，就這樣交響詩般的麵包頌就如此鳥獸散了。

*

老伴一邊打毛線一邊在跟我說話，我說三句，她回一句。有時我講長了，才發現她低著頭，這時就知道她在算針，她怕又弄錯了。

看她打毛線，一針一針地在織，織完一行，換針時，才抬起頭來看我一眼，看我有沒有無聊地想跟她說話。

毛線球在她腳下，她織幾針才拉一下，拉的時候毛線球就會滾動一下。有時滾到我這邊來，我就輕輕推回去。我推了幾次，就想去庭院走走，跟老伴說時，她頭也不抬地嗯了一聲，我知道她又在算針了。

*

平靜的日子過久了，也會不平靜，這不平靜的日子讓我們回到了現實。

老友遠道來訪不免有些好奇，難道日子就是散散步、澆澆花，加上繡房的針線、書房的塗寫。我們似乎找不出有更重要的事去忙，當然有時要做點蛋糕，就會忙上一個下午，老友像是了解了。

老友也許認為日子太清淡了，我們也無從為自己多做辯解，或許他又認為我們太逍遙了，因為他聽到我們新的計劃是要搬到更遠而近山麓的地方，那裡的路已不再有鋪面，這對羊來說是沒什差別的。我們或許夾雜在羊群中，一起走去散步。

老友回去了，現實又遠了，那夢想似乎又近了。

*

多年前買了一個值得珍藏的盤子，盤子有種獨特的美。

值得珍藏的盤子我珍藏了很久，一直沒想過要去用它。直到有一天，我突然發現它的美麗被我延誤了。

我首先讓它在宴客大典上亮相，人喧語雜，沒有人為它驚豔，我略有失望，遂降為家庭餐敘場合，杯酒交觥，卻無人言及。後來成為下午茶的唯一碟盤時，老伴也視為例事，茶畢即遁入繡房，未置一語。

我把盤子又珍藏起來，獨自一人時放在桌上，它還是美麗如昔。

＊

午後，風躡腳來到窗邊。繡房車線的聲音不時傳入書房。客廳落進一支羽毛，在大廳裡起舞，它不知道風在窺視，它跳完一支又一支，它不為任何人，只是舞著。

＊

隔壁送來一個蛋糕，有股特殊肉桂的風味，她希望我們能喜歡。肉桂是她院中自己種的，她說肉桂在她家鄉是很容易生長的植物。她的家鄉在土耳其，嫁到這裡十年了，只回去過一次，她很喜歡這裡，這裡很寧靜，尤其是我們，她無法從鳥兒的飛落來推測我們是在家或是外出。

她又為前幾天球飛進院子的事道歉，這不定時的歉意蛋糕，我們欣然接受，有時，久久不見送來，老伴還頗為想念，總覺得日子過得太安靜了。

*

日子不經意地過去，像白雲悠悠蕩蕩地又見一天。日子像似有過也像沒有甚麼日子，偶有些瑣事，隨手記下來，日後就算成日子了。

☆（二〇〇九年紐西蘭華文文學獎散文組第三名）

耕一畝文字田

畢珍麗

那年外子想擁有自己規劃的家園，我們買下台東一塊土地。那片可眺望太平洋的高地，開始做起農夫夢。

可惜地還沒開墾出來，他竟遇上莫名的官司。找律師變成新的追尋，走法院成了新的行程。

土地上那棵高大的苦楝，三月開滿淡紫色小花，我們曾在樹下想像盪鞦韆的身影，幻想小花兒飄落的浪漫氛圍。他指著低窪處：「那裡可以做水池喔。」我天真的開始編織，魚兒悠游的畫面。

那些想像如今依舊清晰，卻恐怕永遠只能蹲在回憶的角落裡。

他開始為清白奮鬥，我只能默默支持，安靜守候。女兒為我付了第一筆學費，放下鋤頭的手拿起鉛筆。這兩件事都不是我擅長的，但現實中卻必須接受。起碼這裡可以安穩的躲藏，靜靜看書讓心神安穩待著。

講師在台上說那些不熟悉的文學創作，像當初握著鋤頭不知如何下手，那時還沒有電腦，用鉛筆打草稿塗塗改改，再借女兒的電腦伸著兩個食指，在鍵盤上找尋ㄅㄆㄇㄈ，文字才能怯怯爬上螢幕。

記得第一篇文章誕生時，像即將豐收的喜悅。豈料老師講評，竟是「這篇沒什麼好說的」，便立刻翻到下一篇去了。當時若地板有洞，我應該會希望自己在裡面。

數度以為這裡不宜久留，但心靈真沒有去處。賴著沒離開，握著鉛筆的手像在稿紙上耕作著，每個字如果是顆種子，那麼日久會不會有幾個發芽？我無處可去，繼續播種成了唯一能做的事。

太多像我一樣想耕作的人，走進教室卻在課程結束後放下筆。看過為此傷心不已的臉龐，彷彿夢碎了似的、難過。我跟自己說，現實的困境已經夠苦，這裡只管耕作不問收穫，要像老農依照四季節奏作息，不為天候擔憂，不為收成惦記。

終於一篇一千三百七十字的作業，老師說：「妳把文章刪成一千字以內，就幫妳推薦到報社。」當下感覺我得到的不是允諾，是恩寵。打開電腦，天哪！螢幕上每個字都是自己育下的種子，都珍貴無比，拔掉誰呢？

讀過一遍又一遍，九點十點十一點，時間像在田埂上等著看笑話的麻雀。想起少女時期，父親帶我們種菜，他把茼蒿菜種子大把大把豪邁撒在土裡，當小菜芽發出來時，全部感情很好的、擁抱在一起。老農夫曾教過父親要疏苗，菜才長得好。

於是靜下心找贅字，居然發現不必要的「了」躲了好幾個，「我」也來湊熱鬧，能免去的「的」也不少。忽然像長出信心，試著精簡段落，夜裡兩點半數字顯示「999」，高興得宛如看到螢幕盛開成花朵。

永遠記得在報刊上與自己文章相見的感覺，那種收成的滋味真美好。也為苦極的訴訟歲月增添希望的小苗。我把稿費拿去買書，那些不曾擁有的文學類書籍，像收集耕作知識般一本本放進書櫃裡。

外子的官司仍在糾纏，出庭的時間常在年節過後，敗訴又上訴像惡夢醒了恐懼依舊持續，有一次幾乎就要進去了。滔天巨浪沖擊的日子過了九年多，終於外子贏回清白。那個郵差送判決書的午後，我們沒有笑因為淚已經流出來了。

原本以為官司結束，可以再續農夫夢，卻發現體力已不比當年。寫作班呢？還上嗎？當然要啊。若沒有這畝文字的田，我渡不過這片苦海。

看著電腦螢幕文章的檔名，彷彿看到一片青綠的幼穗隨風搖曳。

☆（二〇二四年第八屆瀚邦文學獎大眾散文類第二名）

老娘

畢珍麗

一堆又白又大的白蘿蔔，老闆插著「一個十五元」的紙板，母親先要我幫她挑三個，接著她竊喜的貼近我耳邊、小聲的說：「跟老闆殺三個五十元好不好？」這是去年冬天發生的事。

三年前我離開了職場，那是因為在幾個夢境中她離開了我，我還為她整衣梳理。那陣子我莫名的怕失去她，想再回到她跟前找尋那兒時的記憶。母親已七十八高齡了，隨著歲月的流逝，母親的皮膚早就布滿了所有老人的特徵。這些外在的一切並不會讓我感到害怕，我喜歡母親花白的頭髮，她讓我想起雍容華貴的英國女皇；我更愛滿是皺皮的老手，那是一雙化腐朽為神奇的巧手。在那物資缺乏的年代，母親用最廉價的食材變出美味珍饈。

細想從前，母親總是用外婆告訴她的道理潛移默化的教育著我，影響著我，哪怕我已年過半百。從小我就愛動手做家事，弄吃食興致更高，那該是因為母親說的：「別人鍋裡有一丈得一相，自己鍋裡有一尺就能得一吃，樣樣自己都要學著做。」這句看似平常的俚語，對我和我的家庭，可是受益良多的。記得母親總是心平氣和的、一副相信她準沒錯的表情，因此事事我都主動好奇得去學。剛到南部生活的頭幾年，經濟非常拮据，母親的「不要發愁，船到橋頭自然直」像是顆定心丸似的安撫著我。

記憶中母親最常穿的衣服，就是短衫搭配便褲，要不就是自己做的粗布洋裝。如果有特別的活動，母親才會換上父親親手做的旗袍，小時候總羨慕母親有位會做漂亮旗袍的丈夫。我直到結婚的時候、終於得到了一件父親親手做的織錦緞面的旗袍當禮服。

母親總有忙不完的活，記得少女時期我們住在敦化南路的光武市場裡，三坪多的鋪面父親在那開起旗袍店，就著那點空間隔出了一個連我都站不直的小閣樓，夜裡全家九口就像晒魚乾似的睡在上面。母親在那段日子，還做饅頭、包子賣賺些勞力錢。一有空閒還得幫父親釘暗釦、縫拉鍊、牽邊。母親一坐上高板凳拿起衣服，整個人就像得到了喘息的機會。居然一手拿針一手拿著衣服也能打起盹來，更誇張的是，還差點從椅子上摔下來。

從母親的身上我看到終年無休任勞任怨的傳統女性特質，當我們為她發出不平之鳴，她又能跟我們說「知足常樂」的大道理。我相信自己樂意在廚房忙和，生活態度和價值觀，更是從小受到母親深遠的影響，我高興從她那得到這些寶物。但是近兩年，這一切像深谷中的迷霧，越來越讓我弄不清楚方向了。

母親年歲已高，不知是不是她對未來充滿不安或是年紀大個性改變了。每當我的節省性格表露，她就會叨唸著：「吃一點得一點，死了棺材薄一點，天做棺材蓋，地做棺材底，狗拖八十哩，還在棺材裡。」以她的高齡真的是該及時行樂，但是我的價值觀是她從小為我建立的，剎那間我迷失在母親的教誨中。

前陣子母親又突發奇想得要買個四十五坪的新房子，理由只是覺得快八十的人了，想住新房子舒服舒服。而她現在住的大廈屋齡才十一年而已。她難道忘了，自己說的話：「床頭有一籮糠，死了有人扛；床頭有一籮穀，死了有人哭。」手頭上的一點老本，怎能為了圖個舒服就能散盡呢？再者，現在住的環境也滿好啊。

夜裡，憶起母親說想住新房子的夢幻表情，難過得像找不到回家的路。那真不像我的母親，至少，不像我記憶中的她。那個教我要知足常樂、懂得知福惜福的母親哪兒去了？

買房子的事，後來漸漸平息了，但真不知哪一天母親的心思會不會又改了。我不怕母親的外表隨著歲月留下痕跡，我怕她的內在被無情的歲月侵蝕。有一回母親挑了兩根蒜苗，交給菜販過磅，等菜販再把蒜苗交回給她時，竟讓我發現蒜苗變多了，我仔細一看多了根又大又粗綠葉已經黃掉的次等蒜苗。我問母親你剛才挑了幾根蒜苗，母親說兩根，於是我把那根魚目混珠的蒜苗拿出來，要求重新過磅。菜販不情不願的重新計價，付了錢，離開了菜攤，我又跑回去，教訓那個不老實的生意人，怎麼能讓一個菜販平白以為我的母親老了是可以被欺負的呢！

這一陣子又常聽母親說：「我又沒有兒子，錢不花幹什麼。」多希望母親懂得生活；懂得享受人生，但是卻不希望她對老充滿無奈，充滿無力感。錢只要她想花，愛怎麼花就怎麼花，可千萬別抱著哀怨的心態做消費的行為啊！

母親啊！母親如果妳有一個兒子，難道妳的價值觀就會和現在不同了嗎？如果妳有個兒子，現在會比較能面對年老嗎？如果妳真有兒子，現在你會比較快樂嗎？這一切都只是「如果」卻永遠也不可能成真。

從那堆白蘿蔔中，我千挑萬選用手指彈著每個蘿蔔，聽它沉重又清脆的響聲，掂著每個蘿蔔的重量。我跟母親說跟老闆殺三個四十元，母親露出「殺那麼多」的表情，我提醒她一個才十五元啊！老闆收了四十元、幫我裝好了三個如同胖小子般的大蘿蔔。母親為那三顆又大品質又好的白蘿蔔，開心的笑著。此刻母親的心八成是想著要怎麼烹煮它們。而我卻想著，她是算數退步了？還是真老了呢？憂心啊憂心！我的老娘啊！

☆（二〇〇八年第二十九屆耕莘文學獎散文類首獎）

守護

翁士行

二十餘年前，我家在愛荷華大學的有眷學生宿舍區裡，那是間位於一樓的公寓，一房一廳，溫馨無比，是我們一家在異鄉相依偎的小窩。屋外是共用庭院，我常透過前窗，欣賞著庭院裡四季分明的景色，或屬於大自然的訪客，模樣逗人愛的土撥鼠是常客，花色不重複的野兔也不少見。

一九八九年元月，我在愛城的第五個冬季，一個酷冷夜裡，透過同樣的窗，艾德看到的，卻非比尋常。

那一夜，窗外正飄著雪，氣溫約攝氏零下二十度。庭院裡，柔弱的樹枝悄然殞落，孩子愛待上半天的沙坑被白雪覆蓋。連我也愛盪的鞦韆，坐墊早已被校方豎起固定，鐵鍊則被封在冰裡……。此時此刻，一切脫不了身的，似乎只得持續凝結著。

晚上九點左右，雪停了。一臉倦容的我坐在客廳沙發上，看著剛滿三歲的長子艾德在地毯上玩樂高，一邊等著艾德的爸爸從實驗室回來。因為懷著老二，體力不濟的我睏極了，但艾德還小，我不能讓他獨自面對空蕩蕩的客廳，只好硬撐著。不聽使喚的眼皮，拚命想脫離控制，我不示弱的用意志力扳回局面。

不知過了多久，艾德仍專注於他的樂高。沒沙坑可去時，樂高是他揮灑想像的工具。我再也撐不下去，只好請他拎著工具和我到臥室，在我的床邊繼續築夢，自己就半躺半倚床頭看著他，先用半視窗，再小視窗，最後是極小視窗……。

過沒幾分鐘，艾德搖醒我，小小身影先跑到客廳，再飛奔進來告訴我：「媽咪，窗外有人喔！」

艾德的神情沒有絲毫恐懼，只是好奇，甚至帶著一點笑意，所以我並沒移動疲憊的身軀，他繼續來回跑。隔一會兒又告訴我：「窗外是一位婆婆耶！妳快起來看呀！」我實在無法起床。

艾德再跑來對我說：「那位婆婆現在像月亮一樣在天上了！」可憐的媽咪我好疲倦，怎麼也起不來，只是虛弱的叫他乖乖待在我身旁。艾德也許是跑累了，當我再一次醒來時，他已趴在我身旁進入夢鄉，至於他到底看到誰，便無從知曉。

八月，艾德添了弟弟。九月，我們一家四口返台，入住艾德的阿公阿嬤家。

過沒多久，我們全家一起去探望我的父親，這一天，謎底終於揭曉了。當艾德抬頭看到牆上母親的照片時，立即告訴我，上次在窗外的就是這位婆婆，而艾德從未見過外婆，也沒看過外婆的照片。我驚訝得只能沉默，心想：莫非真是外婆來了。我相信，因為外婆最放心不下的就是媽咪我呀！

我出生時，母親已四十五歲，家中九個孩子，我排行老么。母親深愛我們，她常說：「每一個孩子都是寶！」對我這么女更是近乎溺愛。我三歲多，大姊結婚並赴美，之後，兄姊也陸續離巢。我的國中時期，家裡常只剩我一個孩子，我懷念家裡熱鬧的氣氛，一幅幅年節裡歡愉熱鬧的景象不時浮現腦海，卻也知道隨著歲月流轉，家在改變，很難再出現一樣的畫面，心中的失落只有母親知道。

那個年代，人們比較沒有所謂健康觀念，同學常為考試熬夜，我也不例外。母親總會起床，拖著不太穩的步子來看我，若我已伏在案上，她就會催我就寢，若我仍堅持奮戰，她就會為我煮水荷包蛋。冬夜裡，光是那飄在湯上的氤氳，瀰漫整個房間的香氣，就足以使我連心都暖和起來。國中階段，正值我的叛逆期，熱湯裡嫩嫩的荷包蛋，柔軟了我有些剛硬的心。

母親六十歲那年，不幸被病魔擊倒，她昏迷了數十天才甦醒過來，當時見誰都平靜，唯獨見到我，她崩潰落淚了，用僅能使用的左手牽著我，望著我。因語言中樞受損，她再也說不出一句話。

之後，母親進出醫院無數，最放心不下的就是我。在她最後一次住進醫院時，我原以為她會一如往常，很快就回家，不料，病情急轉直下。母親被送入加護病房前，她最後一次牽起我的手，她的眼神裡沒有畏懼，沒有無助，盡是無私的慈愛，這時我的耳畔彷彿傳來母親千言萬語的叮嚀，心中則奏著悲愴交響曲。

母親過世時，我二十四歲，是家裡唯一未婚的孩子，我非常不捨，天天哭紅雙眼，腫著眼睛去工作，如一艘失去動力的孤帆。從我十五歲那年，母親病倒後，我除了必須照顧自己，還需分擔照顧父母的工作，我以為自己很獨立堅強，直到母親去世，我才發現自己還是一個被母親疼著、守著的小女孩，而我也非常依賴這份愛。

「死亡來得太快，準備總是太慢。」當時，我還不懂得在母親就要走到人生盡頭時，告訴她，時候若至，請她安心的走，我會照顧父親和自己，會珍惜自己的人生……這些話，說與不說，表達與不表達之間，是不是有很大的差別呢？或者，永恆是存在的，從未隨風而逝。

轉眼，母親已過世二十多年，我的兩個孩子，都已大學畢業。這些年，雖有風雨，總能平安度過，我相信其中必有母親的守護與祝福！

我想告訴母親：「親愛的媽媽，放心吧，我們都很好！」當我們在天堂重逢時，我要問母親：「那一年，您千里迢迢到美國探望我們，是如何做到的？」還有：「謝謝媽！那一夜，女兒真太睏了！」

☆（二〇一一年第三十二屆耕莘文學獎散文類佳作）

女神的耳朵

李志傑

那是一個晝蟬夜蛙的仲夏，我愛上了維納斯。她是一座冷冰冰的石膏像，在古羅馬神話中她除了是愛、美，也是執掌生育的女神。挽著頭髮的白石雕像，在炭筆的線條與光影下，她著實美得令人震懾。

挺直腰板、伸直手臂，透過炭筆尖細細地觀察。女神的額頭、鼻樑、下巴是平均的三等分。眼睛和鼻子的長度正好是一個等腰三角形，兩眼中心垂直往下拉恰好能踫上豐滿的唇角。至於老媽最在乎的耳朵，由嘴角橫拉，恰好能踫上耳垂。耳形端正、厚薄均勻，堪稱完美至極。勻稱的五官毫無瑕疵，世人稱譽最美的女神可當之無愧。

反觀中國的歷代皇帝就大不相同了，所有雕塑、畫像裡全是比例不對的雙耳垂肩。不管廟裡供奉的是菩薩、土地公、笑呵呵的彌勒佛，就連紅臉關公也都是厚厚的垂肩大耳，民間相信那才是真正帝王、神仙才配擁有的富貴相。

老媽從小目染耳濡，也跟著迷信，看看別人的面相成了她茶餘飯後的消遣。雖只是一知半解，但還是喜歡到處走走看看。尤其她認為耳朵的好壞事關重大，耳廓、耳輪、耳垂名堂可多了。雖然不懂，有時我也會偷偷照照鏡子。問她總是遲遲不肯說，再追問就惹來一陣的揉捏耳垂。然後是小孩現在看不準，等大些再說的託詞。

以前只要有朋友來家，老媽絕對不會放過任何一只耳朵。附近的鄰居、我的同學、認識的親朋好友全被她看遍了。好不容易來了一批新臉孔，機會難得豈能輕易放過。每次客人一走，她馬上開始逐一點名，哪個耳朵好、哪個能做媳婦、哪個不能交往的唸叨個不停。

一個週日午後我邀了幾個教會朋友來家玩，老媽在一旁勾著毛線，小眼在鼻樑上的老花鏡後滴溜滴溜轉著。其中有個清麗絕俗讓我傾心的女孩，她一頭飄逸的長髮擋住了耳朵，若隱若現，就是看不清楚。等老媽急得來了癮頭，一聲不吭挪坐了過去。趁著別人沒注意，放下毛線針一抬手撩起了女孩頭髮。很自然的將她長髮一縷縷地往耳後撥攏，就在我窘迫之際，她居然神態自如地和女孩話起了家常。

老媽推了推老花鏡搖搖頭說，女孩長得挺好看的，條件也不錯，可惜耳朵看來沒幫夫運。可是，多虧了我和維納斯的那段緣分，她頑皮的兒子愛神邱比特，還是將我和長髮飄逸的女孩射到了一塊。我們忙著沉浸在幸福裡，根本把耳朵的事忘得乾乾淨淨。

直到病變的惡魔，將我的視網膜摧毀，殘忍地把我推入了無盡的黑夜。我忐忑不安，不由得開始懷疑，莫非老媽早已看出了什麼端倪。

然而，這回老媽錯了，而且是大錯特錯。因為老婆像女神維納斯一樣，堅強地挽起了頭髮、露出了耳朵。無怨無悔的一手撐起了這個家，她變成比維納斯還美的女神。在我最需要的時候成了我的眼睛，陪伴我平心靜氣度過了人生最艱難的時刻。鼓勵我學習新的技能，讓我重新拾回了生命的意義。

老媽今年八十了，那天我當著一桌子客人，故意頑皮地摟著她問：「妳說說看這裡誰的耳朵最好呀？」大夥都笑了。老媽也樂得像彌勒佛似的，眼睛彎彎瞇成條縫兒，笑呵呵得像小時候那樣用力揉捏著我耳垂說：「還用問嗎？要不是你老媽從小這麼用力拉你耳垂，你能找到這麼好的媳婦嗎？」

☆（二〇二三年第七屆瀚邦文學獎視障組散文類第三名）

很多人對於我

林月慎

擁有一張船員證讓人感到好奇，我倒覺得這跟我是個農夫一樣平常。他們最常問我船員證好考嗎？妳有出海去捕魚嗎？當然有，只是不常。因為我一出海就放空，忘情的享受海天一線的淺藍蔚藍，沒注意手中的魚竿，總要船長提醒我：動了，快拉起來了。收線時總是慢了一步，餌早就被吃光了。

一直重複著放線收線上餌的動作，漁獲量很少，甚至有時一無所獲，算不上一個稱職的漁夫。

考船員證其實不難，難的反而是要學會游泳。

我把那套穿了無數次、有點鬆弛變形的粉紅泳衣從衣櫥拿出來，彷彿看見自己十多年前初學游泳時驚慌失措的樣子。

從小在山上長大，是一個標準的旱鴨子。或許天生反骨叛逆，決定給自己一個挑戰，不去游泳池，我要去海邊學游泳。從金山的中角、青年活動中心，到野柳九孔堀，尋覓著一處適合學泳的海域。眼看夏季接近尾聲，不禁有點著急。大海學習游泳，與農夫播種同款，都有節氣。

某日清晨騎著機車晃蕩到泳客超多的外木山。外木山的泳客個個泳技超群，一划手一蹬腳就滑行數尺之遙。聽說無論晴天下雨，也不管氣溫驟降，很多人都是一年三百六十五天不停歇的。

朋友林醫師戴著泳帽，說剛從大島游了一圈回來，我投以羨慕眼神，對他的泳技讚嘆有加。林醫師說：「妳可以來這裡學呀，這裡有海水游泳池，師資多由紅十字會的救生員擔任，也有潛水教練，陣容十分堅強，暑假開課，學費也很便宜。」我興奮地立刻完成報名手續。

生平第一套泳衣，我選了式樣保守、色澤鮮豔的粉紅碎花三件式，上衣蓋到肚臍，外加粉紅裙子。粉紅色稍嫌土氣，卻讓我覺得安心。

初學游泳，如果溺水，易讓救生員看得見。粉紅在藍色海洋中彰顯，不是為了年輕，或者與不再的青春沾上邊。

穿上新泳衣，戴著教練為我們準備、意為「新手請禮讓」的黃色泳帽，聽總教練講解安全注意事項，示範如何吸氣、吐氣。

教練姓高，學生十人，有年長如我也有年輕人。教練要我們手牽手圍成兩圈，慢慢蹲下，把整個人沉在水裡。

無法克服對水的陌生與恐懼，我覺得無法呼吸，快要窒息，再也不肯蹲下去，只呆呆站著看其他隊友認真練習。

副教練看出窘境，過來一對一指導，不斷的信心喊話。他要我深吸一口氣，先憋住，在水中慢慢吐氣，吐完把頭抬起再吸一口。一吸一呼，在海的波濤中，似乎漸漸能夠融為一體。至少，不再手足無措，在他耐心陪伴下重複練習，慢慢地適應了水性。

活過半百，再膽小也不能落荒而逃。第二天清晨六點準時報到，鼓起勇氣跟著教練從悶氣、水母漂、仰漂、踢水到換氣，專注的按表操課。第四天，教練帶我們到水深三樓高的海溝，練習立泳。

人直立水中，雙腳像踩腳踏車，屁股如端坐椅子上，維持姿勢不會下墜。教練說學會這招就不怕溺水。游泳變數多，自救不拖累他人，是重要準則。

經過七天密集訓練，我已經能夠在海溝的這邊游到另一邊，橫著游、直著游，努力游到對岸。雖然泳術不佳，游得極慢，也不敢獨自游出大海。林醫師在旁觀看，常戲稱我泳姿不正確，是一隻「垂死的蝦子」，我覺得他的形容頗為貼切，但那又怎樣呢？我會游泳了，而且是在海裡游。

學會游泳後接受船員基本安全訓練課程：防止碰撞擱淺，防止船隻傾覆時進水，防止火災發生並學習滅火器之使用，海上救生與逃生，注意工作環境的安全，基本急救常識，棄船之部署及演習，在水中應採取之求救隊形及保暖措施，無線電話之呼叫、回答與通信，防止海水汙染等等。通過考試就可以取得證照資格。

學游泳如果是一個小圓圈，船員考試便是大圓，自保以外還要救人。

那日天氣晴朗，風向東南、小浪、浪高一公尺、四到五級風，是一個適合出港的日子。沿中華路右轉協和街，協安宮前的外木山漁港，零點九八噸的小漁船就靜靜的停在那裡。

對漁民來說，一艘船的命名揭示對漁獲的期待，金、財、利、滿、順、豐等字最常被漁民作為命名之用，從字義來看，不外乎希望漁貨滿載，還有祈求一帆風順。我們的船取了一個詩意的名字，呈現了船老大的與眾不同。

船是船老大獨資購買的。他另有崇高志業，這是他浪漫愜意的斜槓人生。捕來的新鮮魚貨，從沒賣過，來自海上的漁獲，分享給人生大海的同事、親戚、朋友等享用。

船邊的海，浮著淡淡的油光，海水有濃濃的魚腥味。兩旁閑散的貓隻抓取魚的碎肉，那是牠們的獵物，貓仔總愛圍在魚老大的身邊，乞食那些秋刀、竹筴類的魚餌碎。這裡是牠們的快樂天堂，每隻貓都吃得肥肥的。

聽說這幾天魚汛很好，白帶魚大咬。白帶魚喜歡在夜間浮升到中上層覓食，適合在水深五六十米的夜間垂釣。白帶魚牙齒鋒利，不能用普通鉤垂釣，而是柄長、鉤條粗、鉤尖外傾的專用鉤。釣魚時深感到魚性如同人性，喜好、特質各有不同。

我穿上白底綠花棉質長袖襯衫，深藍工作褲，腳踩雨鞋，帶著船員證走進港警所。登記後沿鐵梯垂直下降，以其他船為跳板，踏上船隻，船老大已經等在那兒了。藍白色的船上放著冰箱、釣鉤、魚叉、網子、釣繩，工具及其他雜物，裝釣餌的箱子，釣竿數支。

蔚藍天空浮著朵朵白雲，午後四點半的天空美得像畫一樣。放下纜繩，我們提早啟航，沿小島藻礁，欣賞著落日餘暉，再看上弦月牙慢慢升起。待天色暗了，船老大忙著定位，偵測魚群。我將切段的秋刀魚串在鉤子上做餌，再用鐵線牢牢綁住。啟動電捲，放下五十米就到點安靜等候。

當手中的線有動靜，或手感沉重時，是魚來吃餌了，這時可稍待片刻，待魚將餌鉤咬住再收竿，就十拿九穩了。收線是一門功夫，不能太快或太慢，太快魚還沒有咬住，太慢魚吃完悠哉走了。

夏季是釣白帶魚的最佳季節。海面上有其他船隻在作業，點點漁光很熱鬧，大都是毅力過人的資深專業漁夫，對潮流、氣候、漁汛，瞭若指掌，像我們這種玩票性質的很少。這些漁夫終年在海上生活，太多的太陽照射，比實際年齡看起來更為蒼老些。

海象瞬時萬變，有時風平浪靜，有時波濤洶湧。漁夫結實的身軀，孔武有力的肩膀，結繭的雙手，暗藏各種累累傷痕，討海人的生活是辛苦的。漁獲量逐年遞減，若不是堅毅不拔的人，是堅持不下去的。

這天漁獲很好，我們重複收線，卸下魚鉤，上魚餌，一次又一次，手都痠了。幸好船老大功夫嫻熟，不到一個半小時，冰箱就快塞滿了，算豐收。釣起的白帶魚泛著白晶晶的螢光，長條型的魚身像一把武士刀，有著美麗的線條與背鰭。

基隆是個海洋城市。如果不想當辛苦的討海人，也不像我當一個業餘船員，又想體會與海親近的樂趣，海釣船是最佳選擇。走進碧砂漁港，流線的外型，我最常乘坐的名隆二號泊在眼前。海釣船在傍晚出發，備有新鮮海味、水果點心，經潮境公園、繞基隆嶼一圈，穿越大小嶼航道，欣賞海天一色的黃昏美景。天黑亮燈準備垂釣，船東準備好釣具，並有專人協助生手，不用擔心會空手而歸。

親切帥氣，是船長也是船主人的豪哥從小在海邊長大，對海充滿了熱情。他說海面的粼粼波光，絢麗的晚霞，一直是他記憶中最美的風景。

八歲就跟著在地老船長學習海上捕撈技藝，三十幾年的經歷，看盡海上風光，海就像是他的家。走向大海的原因林林總總，有一種是孤獨以及美的誘惑。

念動力機械出身，豪哥對於船的機械構造比一般船長了解更深。剃著平頭、黝黑的他不藏私，會拿著換下的零件，對實習船長解說故障的問題癥結。年紀輕輕就擁有四艘船隻，提起當初入行，豪哥笑著說，完全是無心插柳。

他跟父親說，反正會開船，也有存錢，如果不工作，就出海釣魚。父親很開明，並沒反對，於是他買了第一艘船。原本只想供自己和好友出海釣魚，沒想到有愈來愈多釣客都想參與，最後延伸為一門行業，連他自己都嘖嘖稱奇。

這些年來，海洋生態面臨很大危機，人類製造的垃圾、遺失或丟棄的漁具、塑膠汙染與過度捕撈，在在讓人憂心。

豪哥與他的團隊參與了天行者協會的綠光計劃，也是海洋救援先鋒隊成員之一。除了參與海龜救援及海廢清除，並配合保育單位進行魚苗放流。在清除漂流物時曾發現一隻玳瑁受困，在廢棄漁網中掙扎，通報海巡署合力救援，發現無外傷且活動力良好，馬上開出外海野放，成功救援。也經常護送欖蠵龜、侏儒抹香鯨及迷航鯨豚回家。

基隆的山，基隆的海，歷經百年繁榮，曾黯淡沒落，如今漸漸翻轉嶄新風貌，期待它風華再現。海好了，基隆會更好，世界也是，這是豪哥跟海的約定。

我不過是一個船員，但面對大海浩劫，我也挺胸，猶如一位船長。

☆（二〇二二年基隆海洋文學獎散文組佳作）

卯時相會

林月慎

天矇矇亮，炊煙起了。妳淘米煮飯、上山砍材、下田種菜、晒穀煮五頓、養豬養鴨。腹中懷一個，背上揹一個，手裡牽一個，後面再跟著兩個，還要與嬸嬸們輪流照顧視盲的阿公。大小事與孩子，都是黏稠糯米，沾上手很難抹淨。你也不抹，把一個女子黏作母親。

難得遇上農閒的夏日午後，柔柔陽光透過細長窗條，映在床前泥地上，我和妹妹躺在大廣床上，聽妳說歌仔戲陳三五娘、王寶釧苦守寒窯的故事。窗外麻雀細小，竹葉被風吹得沙沙作響，小小年紀也能感受時光靜好。

晚間與妳同睡，我把小腳擱在妳的右大腿上，四妹擱左邊，妳背對著我轉向妹妹，「妹妹還小，要讓她。」

巡水是單獨享有妳的機會。隸屬於北基農田水利局的二坪支圳，灌溉庄頭九十公頃的水田，依著土地多寡分配灌溉時間；我家三甲水田，灌溉時間為兩小時三十分，兩天半輪一次，一次在中午，一次在午夜。

通常是父親在午夜出去巡視，時間一到，就搬開堵在我家水圳的石塊，把水引到田裡，搶在時限內將每畝田平均灌溉，耕種要看老天爺臉色，更不能怠慢人間的恩澤。

每當父親到外地洽談生意，午夜巡水就由妳代為接手，夜晚妳不敢獨自出門，常將我從睡夢中叫醒，要我陪著一起外出。

清冷的月，三分電力的手電筒，微弱光線從來就照不亮無人的田間小徑，鬼魅隱約其間。看出我不安，妳粗糙龜裂的手緊緊握住我顫抖的小手，趁著巡水機會，難得可以靠近妳，我忘記黑、忘記鬼魅與害怕。你告訴我如果沒有來巡田，水很可能會被有心人截走，於是得要冒黑，防堵有人使壞。

沒讀過書，不識字，五十歲那年，妳罹患了癌症。開刀後身形日漸消瘦、兩頰凹陷，體力也大不如前。面對疾病和父親急躁脾氣，像一個勇敢的鬥士，妳說，「田螺含水忍過冬，只要忍耐，艱苦總是會過去的。」苦難一個個在你身邊打漩，直到我也成了母親，才知道這是女性的苦衷，跟母者的不凡。

帕金森氏症使妳雙手震顫，行動緩慢，漸漸失了記憶，產生錯覺，總說有人捏妳大腿，使之烏青；又說有人剪壞妳的呢長褲，棄於床下；還硬指空曠的通鋪上，躺了一個人，不知妳看到的是慈祥的外婆、早夭的女兒，抑或是婚姻的第三者。失去的記憶未必消弭，而以變形的模樣跟記憶沾黏，你走進自己的迷宮，衰老向妳快速飛奔而來。

踩著細小碎步，白天或晚上都愛睏，醒來的時候總是將視線投向遠方，才吃過飯又說肚子餓，要妳吃飯卻說吃飽了。妳找錢、找項鍊、找父親，找去世多年的土狗「庫樂」。

回家為妳過母親節的路上接獲妳嗆到而驟然離世的訊息。進門，大廳旁椅條架高的木板上，妳蓋著薄被，靜靜躺著，了無鼻息。我們不捨，哀哀的哭。當醫生的朋友勸我，沒有受太多治療的痛苦，妳這樣走是最讓人安慰的了。

前幾日回家看妳，二十多年來飽受病魔摧殘，連親生兒女也不認識，那天忽然清楚地叫出我的名字：「阿慎，是妳哦！」我驚喜的回應，正想跟妳多說幾句話，妳卻一翻身發出呼嚕聲。我是你的一個夢嗎？還是我在作夢？

六姊妹回家一起整理妳的遺物，打開衣櫥，衣物不多。除了內衣，一系列的灰色，從毛衣、外套到長褲，有淺灰、老鼠灰、深灰，都已經是穿舊的了。最顯眼的是一件華麗絲絨旗袍，黑底紅花，平常捨不得穿，只有在喜宴場合時搭配項鍊、耳環，顯得貴氣。

上次穿，應該是十多年前娶孫媳婦的時候吧？另有一件簇新的杏黃色毛呢中長大衣，是七十歲生日時，認養的義子所贈，從沒見妳穿過。

抽屜裡，有著用衛生紙層層包裹，再以紅紙袋裝的金髮釵、珍珠耳環與玉鐲。髮釵是我們姊妹合買送給妳的生日禮物，玉鐲是父親去大陸旅遊買回來的，一看就知道是贗品，但妳很珍惜，逢年過節都戴上。

擇日師選定農曆四月十三日舉行告別儀式。小時候問妳，「阿母，我是幾點出世的？」妳塞一把柴火進大灶，頭也不抬的回說，「厝內無時鐘，腹肚擱痛得欲死，我哪知。」父親告訴我，「雞啼不多久，天光以後，四月十三日卯時。」

一早各房族親及鄰居好友齊聚一堂，要陪妳走人生的最後一段路。卯時，移靈儀式開始，靈柩綑上巨大粗繩，四人合力扶著，緩緩移出住了數十年的家門。心碎腸斷，我跌坐地上。

在司儀帶領下，車隊從鏡湖順著山路往大坪方向緩緩前行，途中經過二坪，老家就在不遠處。倒塌的土角厝，空蕩蕩的，只剩幾十公分高的石頭牆，當年擺著紅神桌的大廳、炊煙裊裊的大灶廚房、妳居住過的房間，都不復存在。

四月十三日、卯時，我出生。五十二年後的這天，與妳告別。

來不及對妳說的話，梗在喉間。永遠。

☆（二〇二一年吾愛吾家徵文散文類二獎）

輯四——看不見的寫作課

策展導言：寫出光與暗重疊的故事

凌明玉

接下這班視障學生和明眼學生各占半數的「文學引路」寫作班，原不在這幾年的規劃之中。

在體制外領域教學已逾二十年，思忖也該從講台引退，我始終相信新人新思維，必能將課程編排得彷彿量身訂做的服裝那樣合身。以為自己終將不再為寫作班編課，多數時間放在累積創作，確實也按照規劃經過兩三年。直至陳執行長來請託幫忙編排全新課程，那是耕莘文教基金會和非視覺寫作團體合作的「文學引路寫作班」。

接下這班的契機是當時甫完成的長篇小說人物之一為盲女，我想，延伸自己的想像至現實會有什麼化學變化呢？

初始卻有些慌，要如何講授「看不見」的寫作，要如何讓學生「看見」而寫作呢？

成年人學寫作，改變既定思維並不容易，他們總是洋洋灑灑詳述事件過程，唯恐讀者不清楚書寫題材的用意，卻不曾同理閱讀會疲乏，執著埋首朝向目標前進，卻忘了觀看其他景致，停頓的必要。

以上的創作心法，顯然不太適用於此班，但隨著課程進行亦悄悄改變所有前來授課作家們的既定印象。

非視覺，是充分發揮聽覺、觸覺、味覺、嗅覺等感官體驗，而平日我們習以為常用文字描摹的世界，卻偏向於視覺正常的明眼人，我總是額外請託授課作家們能多為感官描摹設計課程。

固定於春秋兩季開課的班級，默默持續三四年，師生的收穫也雙向流動著，很難說是誰教了誰，有些莫名觸動比文字抵達了更深刻的所在。

後來，我才發覺寫作要鬆緊並行的道理，有時和做人是一樣的。

之後同學的文章開始見報，甚至獲得文學獎肯定，有次在臉書閱讀某位視障合併聽障的同學，缺少兩種感官卻能生動細膩地書寫馬術體驗，我從心底湧起暖暖的悸動。我相信文字是黑暗的光，真的帶領著學生摸索出方向。

這班學生在我心中是無差別的，無關視力，那顆喜愛文學熱衷書寫的心是無差別的。

這樣特殊的寫作班，無論作家、學生、輔導員、聽打員、志工，還有許多看不見的力量匯集著，因為參與「文學引路班」，大家都因此打開視野並同理了光與暗仍然存在重疊的美好風景。

（二〇二四年八月五日，《聯合報》繽紛版）

學員篇：彷彿看見未來的寫作課

李志傑

隨便點開網頁，你能搜尋到許多不同的寫作課程。從小學生作文啟蒙課，到升大學考試的加強課，甚至是英文寫作，形形色色，應有盡有，唯獨遍尋不得什麼「看不見的寫作課」。

讀初中時遇到一位老派的校長，規定全校師生必須於每天朝會背誦一段三字經、唐詩、宋詞等古文。那時年紀還小，有口無心地跟著念，不知不覺也能朗朗上口，在那浩瀚天地裡樂得逍遙。老媽說我腦子某個部位沒進化完全，只會背書，對數學、物理之類需要計算的東西，永遠落人一截。不過，拖沓問我還是來到大學窄門前。

生長在一個清寒的環境，父親要我們一定要學好一門專業，最好考醫科、學工程、建築，再不就做商人，搞文學、藝術毫無前途可言，一切要向錢看齊。他對我奔放的寫作風格、比賽的名次皆不屑一顧。在無數的糾結與消極抵抗後，最終還是換來不情願的商學系。

畢業出了社會，混來的文憑居然替我覓得一份收入豐厚、令人羨慕的工作，閒暇之餘我繼續以看書為樂。不料，從不在意的輕微眼疾，竟像快速流動的沙漏，轉瞬間將我推入了陰鬱黑暗的深谷。

四周視野突然黑了，只能靠僅存的中央一線，勉強苟延殘息。守著逐日乾涸的靈魂，看著逐漸陌生的世界，天地一切就在我面前崩壞。

人生總是意外不斷，餐廳點錯的菜，竟是可口的美味；搭錯的路線，沿途風景卻出奇的美。

原以為這輩子早已和文學散了緣，看不見，更別說提筆寫字，只能消沉地空度時光。但，偶然一天不經意認識盲用電腦，我心喜地緊接著學會了語音鍵盤，更美好地有了智慧電子介面，從此回到波光粼粼的書海，起錨，揚帆。正如太空人阿姆斯壯踏上月球時說的「這是一個人的一小步，卻是人類的一大步」，科技讓我的人生有了重大轉變。

離開學校已是很遙遠的事了，隱約一直有種熱切，盼望在讀與寫之間重拾以往的熱情。無奈塞在胸口的思緒像打了結，雜亂地理不出頭緒，直到我報名了耕莘文教院的女性書寫課程（開設給所有想增進文學知識及寫作技巧者，並不限定性別）。

作為班上唯一的白手杖，所觸皆陌生，令人慌亂、恐懼。可我告訴自己，或許這是開啟另一扇窗的最後契機。

耕莘文教院四十餘年從未間斷的寫作班，歷年來為文壇不知培育了多少知名作家。但是，對視障者，想融入看似簡單的課程，存在著許多想像不到的障礙。尤其遇上*COVID-19*肆虐期間，我幾乎起了臨陣脫逃的念頭。幸而，沉著冷靜的執行長，採取了一連串有序措施，讓學員無恙地度過了那段艱難時光。

我十分慶幸這傳統的寫作班，在多方努力之下，最終衍生出專為視障朋友設計的「文學引路班」，一個彷彿能看見未來的寫作課。走進它之前，穿過迴廊小徑，一排瘦長拱窗隱約透著龐大的莊嚴與肅穆。幾棵大樹圍起的庭院，小鳥婉轉鳴唱，拂面的清風宛若天使輕聲吟唱。

壓抑的熱情，再次燃起了難以言喻的火焰，強烈的慾望教人吃驚。造化的驚濤駭浪裡，寫作救贖了我。

（二〇二四年八月五日，《聯合報》繽紛版）

學員篇：第一堂課

吳銘豪

國中時期，我是個不愛寫作文的學生，寧可被罰跑操場，也不願坐在椅子上盯著一格一格小方塊，思考如何填上適當的文字。

老師會請作文得高分的同學站起來朗讀自己的文章，我前座及後座同學經常被點名，但從來沒點過我。為了滿足一次虛榮心，我用「超級賽亞人3」公仔換取前座男同學稿紙上的姓名，兩人互換名字。

優秀的團隊總會有一位傑出的豬隊友。老師在講台上唱名發作文時，喊到「吳銘豪」，我便興奮地走過去，接下稿紙後將目光直接瞄準分數。以往看到低分數就像看到書包裡有書，一點也不稀奇，但這次它不該是我的名字啊。當我走回座位坐下時，再度聽見自己的名字。

「吳銘豪，這裡又有一篇作文是你的名字。」老師誇這篇寫得真好。

全班同學都在座位上歪七扭八地抖動，只有我跟他直挺挺地站立著，被老師的眼神網住，動彈不得。自作聰明的下場就是跑操場圈數加倍，真是賠了公仔又折腿，再被國文老師這樣訓練下去，都可以加入田徑隊了。

後來，我詢問那些作文得高分的同學，原來他們假日會參加作文班，也會閱讀課外讀物。我向他們借了教材來看，開始對作文有一點興趣，就一點點。

如今離開寫作二十餘年，期間從未再次動筆寫作過，直到耳聞「非視覺文藝」與耕莘文教基金會合作開設「文學引路班」。

自從視力漸漸模糊，生活色彩也隨之褪去。雖然生活中有各式各樣的活動可參加，但都有一項不是門檻的門檻——需要視力。運動需要視力，旅遊需要視力，觀展需要視力。

在確認文學引路班的教學方式後，決定參與此課程。多虧上課教材是以電子檔案方式呈現，讓視障者透過電腦報讀軟體閱讀，並可透過電腦打字進行寫作，而非使用紙張書寫，讓我不需再望著密密麻麻小方格發愁。

不同以往參加過的任何團體課程，寫作班內有多位志工。從搭捷運引導、教室座位協助，簡直比每天朝九晚五相處的同事溫暖貼心。在公司，由於視力關係，曾經請同事幫忙操作系統報名內部課程，他丟出一句：「你自己用。」我翻開腦中黑名單手冊，刻上他的大名。

記得第一次的課堂作業是要寫一篇三百字的短文，我不斷查看字數統計，寫完一句話就關心一次字數增加了多少，猶如幫小花盆澆水，每灑水一次就期盼它迅速成長。寫作功力沒提升，想寫作的心卻提升了，公車上、捷運上、走路時，總在思考如何完成一篇理想的文章。

每位寫作班學員都會收到一份整合大家作業的電子檔，在使用報讀軟體閱讀同學們的文章時，腦中畫面飛回到國中教室，看見學生輪流起身朗讀自己用心完成的作品。雖然不是每篇都寫得好，但大家都努力朝著同個目標前進。

二十幾年過去，對於寫作沒有多大的進步，依舊會歪著頭、托著下巴，想盡辦法將目標字數填滿，不過沒關係，現在寫得不好，不會再被罰跑操場。

（二〇二四年八月六日，《聯合報》繽紛版）

聽打員篇：高壓聽打工作中釋放的片刻

葉慧慈

我是聽打員，原本服務的主要對象是聽障者，舉凡聽障朋友就學、就業、就醫、社會參與的場合，都可能有我的身影。但在這一半明眼人、一半視障者參與的「文學引路寫作班」，為何會有聽打員呢？

主要是參與的視障生中，有幾位是合併聽覺障礙的多重障別朋友，需要我來當他們的耳朵。

曾有人說，聽打員聽了那麼多課，應該也學到不少寫作技巧，也可以來分享一下上課心得。其實，我們工作當下光是把老師講課內容打出來，就已經非常挑戰，雖然對於聽過的東西會有印象，但沒有經過思考轉化是吃不進腦子裡的。我尤其記得某堂課的講師幾乎沒有引用任何文本，兩個小時的課程內容全部來自他本身，沒有可以抓取複製的文字，讓我跟聽打夥伴兩人扎扎實實打了兩萬多字，差不多可以幫那位老師出書了。

說起書，近十多年來，我已大幅減少買書頻率，一來沒時間看，二來懷疑自己有閱讀障礙，一本書若沒一口氣看完，下次就必須從頭開始才能繼續。近來少數買的書之一是《潛水時不要講話》，而某天這位作者栗光居然就成為課程裡的其中一位講師，真是特殊且難得的緣分。

跟著聽了那麼多堂寫作課，發現它對我來說，更像是認識自己的心理課。寫作過程幫助我覺察自己，認知到我是個想太多、經常擔心做不好、過於拘謹而導致不敢嘗試的人。事實上，許多我的恐懼，只要透過規律練習都有可能化解。比如與其描寫很多件事情，不如練習針對某個點來下筆，而當文章寫得夠多，或許就能慢慢養出優美的文筆。某位因課程認識的工作人員，常與我分享他寫的文章，我讀著讀著，可以感受到他隨著課程漸漸找到自己的風格，特別擅長奇異或驚悚的主題。

記得有一次的講師邀請同學們自由書寫十五分鐘，照理來說，這應該是聽打員最開心且輕鬆的時刻，終於可以不用一直打字，讓腦袋和手休息一下。但我想把握這難得的參與機會，因為我一直有個念頭，想把家中七隻貓寫出來，偏偏平常實在太忙，且總認為必須按部就班、順著時序寫，深怕遺漏或搞錯某個環節……這樣宛如史官的個性，往往令我在提筆前就把心力耗盡。

那一次，我放膽跟著同學一起嘗試，從「我記得」三個字開始漫無目的地寫。沒想到，當下腦海浮現的竟不是貓，而是國中時爸爸中午幫我送便當的畫面。

我記得，爸爸去自助餐店幫我買便當，總是會把菜裝滿到快要蓋不起來。對那時的我來說，這非常困擾，常常剩下一堆飯菜吃不完。如今回想，滿到蓋不起來的便當盒，裝的是爸爸對我的愛……寫到這，淚水早已狂瀉而出，因為再也沒有機會回應父親對我的愛。父親心肌梗塞突然離開我們，一切是那麼措手不及。

時隔十五年，在那十五分鐘的練習，心中多年來的悲傷從壓抑中釋放，堵塞的淚水終於得以宣洩，成為聽打工作之外最真實的情感。

（二〇二四年八月七日，《聯合報》繽紛版）

志工篇：你在我左右

畢珍麗

H在捷運站出口，如果手上拿一支玫瑰，會誤以為他在等女朋友。

第一天開課，我們彼此都不相識。其他學員會拿手杖，所以只要出站即刻就能相認。他早到空著兩隻手，長得又高又帥，站在遠處。接到其他學員，就剩他還沒到。終於我們交談的內容，他聽見了，走過來與我們相認。

他們是等待引導進寫作班教室的視障學員，每位都有不同的故事，都是值得敬佩的角色。

我通常會觀察他們是右手或左手拿手杖，然後判斷該給他們的手肘是左或右。年輕的H和K還有些視力，外觀完全看不出異狀，不拿手杖是他倆的特徵。

他倆只須跟著我們一同前行。幾次後，他們說：「今天我自己蛇過去喔。」對，你沒有看錯字就是「蛇」，他們留在*LINE*上的字。我當然看得懂，但厚操煩的性格，叮嚀加交代還拜託，請他們務必注意安全，那段必經的安全島上，有腳踏車趕綠燈秒數騎得飛快，明眼人有時都閃躲得千鈞一髮。

暗自猜想，或許他們擔心讓路人發現他們的祕密，所以想甩掉我們。後來才確認他們太堅強，走了幾趟心裡有數，大方向能掌握就不想麻煩人。雖然他們答應會注意安全，總要看到他倆安全進教室才放下心來。

T的狀況嚴重許多，他是視聽多重障礙，走路步伐也不穩，從身後看會以為他喝酒上路。第一次帶領他時，他一手持杖，一手拿著 iPad，戴著電子耳。我必須大聲說話，話語被 iPad 接收轉換成十元銅板大的字，顯現在螢幕上，他再貼近螢幕閱讀，然後回話（他說的聲音不易辨識），我再從螢幕上看文字確定他表達的是什麼。

他兩手都有東西，我只得抓他的手臂帶領他。他步伐不穩，手上又有 iPad，我擔心他被人碰撞，像囑咐小孩似地一直說：「iPad 拿好喔。」

下課他上過洗手間在天台晃蕩，我以為他迷路了。一問之下才知道，他想晒太陽活動一下。那天他的臉以四十五度望向天空，嘴角微微上揚。但他的步伐看起來真讓人擔心，像是醉拳的步數，只好在旁邊悄悄地盯著，也看見他頭頂上的天空有光彩。

S是搭復康巴士來的女孩，身型嬌小脊椎有些不正，以為她只有十幾歲，每次總找著話題開著玩笑前往教室，常逗得她呵呵笑。後來才知道她已經三十歲了，在我心裡真希望她是小孩，容易開心應該很好吧？

不管哪一位，他們的特質都是禮貌的、認真的、行為舉止上看不到上天對他們的不公平。

課堂上他們幾乎不會用筆抄寫，極少數以筆電記錄。他們不論什麼形式聽課，都像釘在座位上，從背影看他們和我們沒有區別。

原先以為，來這裡是幫助他們。日久發現他們讓我看到的事物，或許將來在我生命裡，會是一把燒不盡的火炬。

課程結束那日聚餐，素食的人拿出自己的餐食。可樂咖啡炸雞漢堡薯條，依預定的送到學員面前。他們交談配著炸雞的喀啦聲，沾著番茄醬的薯條讓時光倒流，吸管送飲料到歡樂的故事裡。那張長桌流竄著我陌生又敬佩的生命。

我悄悄從左邊收走香蕉皮，拿紙巾從右邊擦掉滴在桌上的番茄醬，從左邊把漢堡的生菜屑撿走，喝完的飲料杯從右邊取走，用過的餐巾紙從左邊悄悄拿開。我在他們身旁靜靜地出沒，靜靜地看到寫作的光彩。

（二〇二四年八月八日，《聯合報》繽紛版）

輔導員篇：看不見的你和我

鍾育霖

這個班的起點是李大哥，他是視障者。

第一次見到李大哥，是在數年前的耕莘女性書寫班（開設給所有想增進文學知識及寫作技巧者，並不限定性別），我身為輔導員，生平第一次服務全盲學員。

服務需要學習，李大哥手把手教我：讓視障者抓住上臂，用側身的方式提醒對方前面是否有障礙物，上坡下坡或者有樓梯，也需事先說一聲，這被稱作引導。狗都做得到的事，我想對我來說不會太難。

然後隔週我就帶著李大哥撞牆了。

「對不起，李大哥沒怎樣吧？」

「哈哈，沒事。初學者嘛，難免。」

引導方面，我是初學者，寫作方面，李大哥是初學者，而他學習速度遠比我快得多。

李大哥第一篇文章幾乎教人無法閱讀，可僅短短數月，他寫出的文章便輕易超越我，直到現在都趕不上他。尤其景色描寫之細膩，宛如直接映入眼簾，讀著讀著又讓我有點哀傷，因為我感到李大哥還很懷念曾有的視力。

問過他寫作訣竅，他說除了多回憶、多閱讀，還有就是他有「心絲」。自從他失明後，心靈就向外長出絲線，可以看見明眼人看不見的事情。

他是一位非常風趣的寫作者，若要概括形容，我想只能給他兩個字，瀟灑。

某天如常聊著，他突然要介紹一位龐小姐給我認識，說細節見面聊，並提及這位龐小姐也全盲。見面那天才知道，他們醞釀已久，要在耕莘另開一個「非視覺文藝」課程，我榮幸受邀為這個班的第一位輔導員。

我毫不留情地從女書班跳槽到非視覺文藝班。這個班一半明眼人，一半視障生，每期十週，交三次作業。

透過這個班，我更了解視障者的處境。視障者不是每位都全盲，程度不同，有人可以自行前往教室，有人需要到捷運口接送。來此授課的講師都很體貼，規劃課程會納入視障生的需求，若有圖片也會口述影像。

因著大家繳交的作業，我稍微窺視了他們的情況。不過，也只是稍微，因為除非特別提到，不然名字遮起來，其實分不清哪些是明眼人的作品。印象最深的兩名學員，第一位天生全盲，他提到自己在家裡沒有隱私，但家人只要有心就可以在他面前變成隱形人。另一位到府按摩時，上錯樓層，應門的人又誤以為是室友叫的服務，使他差點被當成入室搶劫。

這是個很有趣的班，氣氛很好，除了視力之別，從沒感覺到我們有什麼不同。隨著期數增加，班上寫得比我好的人一個個出現，我卻在寫作的路上，帶著自己撞上了牆。我也想進步啊，想起李大哥提過的「心絲」，倘若我看不到，就可以讓心靈長出絲線，而寫得好一些嗎？

某天逛街，緊閉雙眼，請女友為我引導，我想體驗一下視障者的感受。然而，僅僅走到第二步，我便再也無法前進。迎面風切，身旁車聲，路人雜談，腦中想像，讓恐懼充斥全身。我把其他所有的知覺打開，也沒辦法相信自己第三步不會跌倒或撞上什麼，明明最信任的人在幫我看著。

這時才明白自己有多愚蠢。

光是走進那間教室，他們就要跨越多大障礙？寫出一篇文章，又要克服多少困難？我們來回看著段落，可以輕易反覆修改，他們呢？到底是多無知，我才會有「只是視力有差」的想法？原來我根本看不見他們面對的困境。

張開雙眼，馬上替自己恢復光明，但我怎樣也無法點亮他們眼中的黑暗。

文學能給視障者多一點光嗎？我不知道，我只能相信。

他們靈魂有窗，可窗前有簾。窗簾厚薄不一，而文學，或許能稍稍掀開一點，讓一點光透出來，又或者照進去，我如此期盼著。

（二〇二四年八月九日，《聯合報》繽紛版）

講師篇：用文字打指背語給你

凌明玉

預備一堂寫作課，我會從半年前課程排定，開始焦慮。放在心裡，不形於色的焦慮。閱讀副刊文章不再單純，職業病內化於視線，這篇散文有出乎意料之外的視角、那篇小說有意在言外的多層次翻轉，立即複製、貼上、整理段落，逐一整理成不同程度的備課檔案。就這樣頂著敏銳的備課天線，直至焦慮到將要講課前一週，交出講義為止。

然而，這班特殊的學生，總能將我幾次三番放棄講課的心緒，從創作的架空世界，平行托起我，看見另一時空的景象。

「文學引路寫作班」迥異於以往授課的經驗，半數是明眼人、半數為視障學生，甚至還有一兩位是視障合併聽障。作為班級導師，編好整期課表，也要附上冗長「授課說明」給作家們，需要提前幾日提供電子檔案，投影片也要轉成純文字檔案，事先給予視障學生閱讀。

總之，讓作家答應犧牲珍貴的創作時間，前來講課已是艱難，還要提早備課，我總要冒著被拒絕的風險，厚顏遞出講課邀約。然而，從來沒有作家拒絕，甚至與我同樣耗費多時備課，且訊息來回討論。

我想，那是我們悄然接收到這並非純粹教學，而是學生也在牽引自己往創作更深層探勘。

創作一直是孤獨的事，我不知道失去一兩種感官，還能釐清蒙在眼前看不清的霧嗎？寫作的我，可以自由地不受時間限制將腦海堆疊的想法，將鍵盤噠噠聲和指尖翻動滑鼠滾輪的悸動融合一氣，像是彈奏什麼即興創作那樣停頓或流暢，享受創作和思維的協奏。

我不知道，憑藉著回憶、觸覺、嗅覺、聽覺，能傳達給學生的一切，字字句句，他們是否如實接收到了？

我總在導讀文本時，隨口說出荒唐話語，譬如「你們會不會透過車窗偷窺隔壁車的人在做什麼呢」，只見看不見的同學竟頻頻點頭，帶著極大的同理心包容著我的粗疏，又帶著極大熱忱感受可能不曾見過的景致，他們垂著眼思索的模樣多麼動人。

即使寫作班已邁入第四年，我仍對自己的教學方式充滿疑惑，無法準確同理學生的處境，總讓講台上的我心虛、盜汗、難以持續。

直至在作業裡，看到某位學生寫著外出時在朋友手背上「打指背語」，利用點字的方式溝通，在陌生環境的他瞬間感到安心。我恍然知覺到，在「看不見的寫作課」上，我所導讀的關於創作的一切，即使目前學生們接收到的只是輪廓，不代表他們始終看不見。

尤其，當他們專注凝神聽課，我總會想起觀世音。

據說「觀世音」佛經字面上的說法是「觀察世間聲音」的菩薩，在藏文的解釋是「觀自在」，而我喜歡的作家袁瓊瓊則對觀世音菩薩低眉，有以下詮釋：「低眉其實是『傾聽』的形象。『觀』世音是耳不開而聽見，眼不張而看見。」恍然覺察到自己才是看不見的那人。

每當我讀到學生作業像接收到指背語，總能從文字接收到那些對創作傾注的時間、不放棄的決心，將平凡題材，寫出不可逼視的微光，讓我看見也聽見他們所知所感的非視覺書寫。

學生吸收作家創作養分，內化，再自然地書寫出來，這漫長的養成過程與看見或看不見並不相干，而是題材的領略昇華和詮釋能力，讓一篇作品得以熠熠發光。

因為寫作，讓平淡反覆磨損的日常，每天都有微妙差異，如何發現那一刻度一毫米差異，現實到虛構的距離，創作者的腦內劇場開始詮釋……無論是光影變化，一花一草衰萎抽長，以及對生活的索然無味抱持耐性，對任何人事物得隨時保有高度好奇。

關於創作的密碼，請讓我也試著打指背語給你，寫作需要續航力，還有偏執狂的堅持、專注以及耐力，即使全世界都反對你，我相信你也會繼續寫下去。

（二〇二四年八月十日，《聯合報》繽紛版）

講師篇：寫作是黑鳥替我們飛

李達達

下課了。我收拾講桌，一名白髮的男學員從教室後方起身走向前，他在離我還有幾步之處停下，望著前方問：「老師你在嗎？」啊，在他眼中的我或許是模糊不清的。

我上前一步，站到白髮學員面前，讓他能感覺到我在。我問他怎麼了。學員笑說：「老師，你對我這篇作業還有什麼意見嗎？我需要你幫我雞蛋裡挑個骨頭，不要客氣。」我回到講桌，抽出他的作品，將我認為可以補強的段落念出來。他瞇著眼仔細聽，接著複述一遍我說的話，就這樣記住了我的意見。

如果文字屬於手與眼睛，那麼語言就屬於口與耳朵，這樣寫作又屬於什麼呢？

當初答應接下文學引路班的兩堂課，我其實很慌張。我帶課習慣邊玩邊寫邊畫圖，使用各式媒材與活動抓住大家的眼球，但學員當中有三分之一是視障者，我賴以為生的花招反而派不上用場。

花招只能放著。

為了讓學員們能聽見範例文章重要的段落，每段講解前我都會先朗讀。自己一個人哇啦哇啦講話，沒多久就口渴了。擱下麥克風，扭開保溫瓶，我咕嘟咕嘟喝水。因為同學看不到，就順口將喝水的舉動配上旁白向大家報告。熱水潤過喉頭的瞬間，我才察覺這即席的口述，包含了寫作的心意。我想要把自己在台上做的一切動作，讓看不見的同學也能夠感受到；但那並不是出於體貼，而是我發現寫作可以做到，比起為視力的缺損感到哀傷，我更想為寫作的可能感到驕傲。

繼續上課，我旋緊保溫瓶蓋，這是寫作的世界了。寫作就站在教室裡每個人的肩上，寫作不只是文字需要手眼，也不只是語言來自口耳，寫作是每個人的分身，是代替我們飛行的黑鳥，探取我們不被允許的自由。寫作的翅膀——屬於寫作的人。

但身為寫作課老師，我的任務不是寫，而是讀。

這次作業以一千字為篇幅，命題是「家的小事」。我看見跳上床睡覺的狗。聞到冰箱裡發臭的泡菜。聽見客廳祖孫三代一起彈奏的鋼琴。感覺一家的老媽媽正在幫我掏耳朵……我讀到樸素的用字裡滿溢出來的感情，讀到生死離別與超越時空的追憶，也讀到不忍寫出的結局……讀完作業，抬頭呼吸，才發現自己根本沒留意哪幾篇是盲者的書寫。每篇作品都召喚出清晰的畫面，我雖不在場，卻還是歷歷在目。

同學中一定有誰察覺了，寫作是另一種重新看見自己世界的途徑。

但寫作還是很難，難在寫不出自己想要的感覺。比方期待自己能寫出草原上的自然風，卻寫成電風扇的搖頭嘆息，這種失靈是常有的事。身為寫作老師，我是個小水塘，僅在能力範圍內反映學員的作品，所以也邀同學們相互回應，讓寫作者確認文章是否召喚出他心中的畫面。面對失靈，沒有別的，就是修改與重寫，直到自己可以接受為止。

我想起白髮男學員被挑完骨頭以後，爽朗又放鬆的笑聲。那笑聲穿透我的身體，讓我以為自己站在一片曠野中。他的世界好大，失明的苦與寫作的難，在他面前彷彿沒什麼重量似的。他收下回應，扶著走道一張一張的課桌，轉身走回自己的座位。我看見一隻巨鳥降落在他肩上，他將會繼續寫下去。

收好講桌，向大家道別。返家途中我肩上那隻飛不起來的企鵝一直啄我，要我趕緊也寫一點什麼。

（二〇二四年八月十一日，《聯合報》繽紛版）

輯五——食之琥珀

蚵仔

洪雪芬

割開塑膠袋，將混著海沙和鹽水的蚵仔倒入鋼盆，打開水龍頭，透明的自來水稀釋了灰濁的鹽水，她把手伸進鋼盆裡搓洗，柔軟的蚵仔逐漸露出飽滿的潔白，沖掉讓蚵仔保持鮮度的海水，洗掉砂礫和碎殼的蚵仔，成了餐桌上誘人吞食的佳餚。

蚵仔，在高級飯店的自助餐廳裡叫生蠔，碩大白嫩的生蠔躺在嶙峋的硬殼裡，擠一點檸檬汁，男人唆著嘴吞進去，那口型讓她想起，男人稍早時趴在她胸前的樣子。男人笑著對她說：「來！妳也吃吃看！補一下！」這是她第一次吃生蠔，為了顧及妝容她微張著嘴，下唇擦著粗礪的硬殼，生蠔滑進嘴裡，舌尖感覺一團冰涼柔軟混著鹹味，她反射性的迅速吞下了。

「這就是海的味道嗎？」她眨著長長的假睫毛問，表情天真，嘴裡卻泛起澀澀的酸味，剛剛檸檬汁似乎擠太多了。妻小在國外生活的男人，從一開始便說得很清楚，只想要一個可以慰藉的伴。

她要的是什麼？上一段戀愛關係結束之後，她受夠自己破洞的心，那些破洞，讓她時時覺得冷，總是想要有誰能抱一抱她。男人曾說起在夜店第一次相遇，她全身散發著寂寞的渴望。

「屁啦！你第一眼看到的是我的乳溝吧！」金色低胸馬甲上衣、緊緊包裹臀部的黑色亮片窄裙，是她趕赴夜店找樂子的戰袍。找樂子是個有趣的字眼，事實上她在夜店找不到快樂，只能撈到暈眩，更多時候是從體內嘔吐出不知何時吞進去的東西。

與一見面就交纏的關係比起來，他們結束得非常乾脆。先是男人出國和妻小過聖誕節長假，之後換她回鄉過農曆年，將近兩個月無聯絡，竟沒有了再見面的念頭，過去那段每隔幾天就得緩解的空虛，已不再作響。

過年期間，她在熱鬧的廟口和併桌吃蚵仔煎的國中同學相認，原來兩人都在同一個城市工作，相約收假時坐車北上。以回憶開啟的關係照著正常的步驟前進，閒聊整天、夜市約會、人潮擁擠時牽起手。那一陣子，她像是被半透明的黏糊曖昧纏勾著，並肩時男孩熱烈的體溫慢慢將她烘熟了，心也扎實起來。

兩人關係穩定下來以後，合租一間套房同居，努力工作存錢，分攤家務支出，像一對平常的伴侶那樣。她偶爾買一袋蚵仔，作為加班後的宵夜，水煮開先放薑絲，再把洗淨的蚵仔一個一個投入重新沸滾的湯裡，原本肥軟的蚵仔會稍微縮水，得拿捏好時間關火。想像著她和男孩各拿著一個瓷調羹搶著鮮嫩的蚵仔吃，熱燙的蚵仔在口舌間滑動，吃得彼此身體都燒了起來。

只是她在這樣的生活裡莫名感到一絲疲憊，不過是恍惚之間，蚵仔煮過了頭，兩人匆匆地把沒有口感的縮水蚵仔吞進肚裡，洗碗收拾，上床睡覺，像平常的日子那樣。

（二〇二一年二月九日，《中國時報》人間副刊）

紅豆湯

洪雪芬

情人離去一週後，生理期到來。空等的子宮把無用的卵子和充血的黏膜一起恨恨地排出體腔，似乎在埋怨一個月的預備都白費了。她按著隱隱作痛的下腹，把情人最後一箱留下的物品交給寄貨員，這幾年的感情也算白費了。

兩人初識的那段時光，情人會在她生理期時體貼的送來紅豆湯，棗紅色的湯汁沙沙的口感，一匙一匙熱呼呼又甜蜜蜜的喝下去，正在崩解血塊的體腔漸漸溫熱起來，是這樣的殷勤討好了她，情人送上一碗碗紅豆湯，敲開她的大門。

想起情人搬來和她一起住時，曾應她的要求煮過幾次紅豆湯。她走進廚房找到小半罐未煮的紅豆，一顆顆暗紅色的堅硬小豆子，搖晃起來在玻璃密封罐裡叮叮的響，毫不妥協的碰撞出聲音。

她看著這罐紅豆，突然想自己動手煮一鍋紅豆湯。不擅廚藝的她，上網搜尋紅豆湯的煮法，卻跳出了各種快速煮軟紅豆的訣竅，例如先把紅豆拿去冷凍，直接將豆子的結構破壞；名廚的偷吃步則是乾鍋炒熱紅豆再悶煮，據說能讓豆子的外皮保持完整，口感卻軟爛；更多的是各式價格不菲，保證可以把紅豆煮軟的悶燒鍋具廣告。人們已經失去慢火熬煮一鍋紅豆湯的心情了嗎？

情人曾對她說過：「好喝的紅豆湯不需要什麼訣竅，唯有耐心而已。」她一直覺得，煮一鍋紅豆湯，是一場有計劃的追求，紅豆湯可不是臨時想吃就吃得到的甜點，第一個標準步驟，必定要先將紅豆泡水。她想起每次看到情人在廚房的料理台放著一盆浸水紅豆，沉在不鏽鋼鍋裡的豆子閃著亮晃晃的艷紅色，宣告隔天將會有一鍋甜蜜的紅豆湯，總讓她眼巴巴的起了相思。

度過相思的一夜，堅硬的紅豆稍稍心軟了點，趁勢加把火，把水都燒得沸騰起來，然後蓋上蓋子，熄火。紅豆就在鍋裡悶著殘留的熱情，稍微冷卻時再重新開火加熱，再度沸騰後熄火，如此反覆幾次，鐵石心腸的紅豆也變得柔軟綿密，最後再拌入大量的砂糖。她在一份食譜裡看到這樣的註記「一定要確認紅豆都悶軟了才能加糖」。據說先給了甜頭的紅豆就再也煮不軟了。

她彷彿有些明白。

情人最後一次煮紅豆湯時，兩人之間的愛意已在無數次熱了又冷的相處中消磨殆盡，她心底有些堅硬的固執，而情人卻只想用甜言蜜語哄騙過去，在爭吵間許是忘了確認紅豆的心軟，那鍋加了糖卻又不夠綿軟的紅豆湯，最終也只能被丟棄。

（二〇一六年第十二屆林榮三文學獎小品文獎）

食之琥珀

李志傑

1　老饕的小鯷魚

如果比喻沙丁魚 *sardines* 是一個健壯的男子，那麼鯷魚 *anchozy* 就是嬌美苗條的少女了。

剛進入三月的伊比利半島，大西洋海水依然冰冷刺骨。然而這正是鯷魚豐收的季節，市場隨處能見到一筐筐新鮮漁獲。白圍裙白膠靴的魚販不停吆喝著，隨手嘩啦嘩啦撥弄著碎冰。提著嗓子有板有眼唱著，「來喔，便宜又新鮮喔，動作要快喔，再過幾天就沒了喔。」他們說的，的確也是，天氣稍熱，季節就結束了。嬌嫩的鯷魚不易存放，因此產生了大量製罐需求。加上歐盟限捕量愈加嚴格，節節攀升的價錢，也就更顯出牠的珍貴。

魚攤上剛捕捉上岸的新鮮鯷魚，占據了大部分位置。方格木托盤裡滿滿堆著新鮮的鯷魚，一條條滑溜溜的似乎一不留神就會隨著碎冰滑出盆外。細細圓圓的魚身閃著銀亮亮的光澤。摘去魚頭，手指輕輕由魚腹往下一滑，極富彈性的魚肉就剖了開來，巴斯克魚販稱呼為翻書。接著小心從頭挑起魚肉中的長刺、清除內臟，油乎乎的手裡就剩比半個巴掌稍大的魚肉。紅紅嫩嫩的令人聯想起日本料理的生魚片。不用烹調光看就讓人食慾大開，不由得想捏了就送進嘴裡。摘頭、去刺的鯷魚和處理好的沙丁魚顏色相仿、大小亦雷同，不過，好像又稍小了些。

那是濱海的漁港小鎮，一排老舊建築的樓下有間沒明顯招牌的酒吧兼餐廳。推門就是一陣陣歡笑與喧嘩，人聲圍著年代已久的原木吧檯。饕客們都衝著新鮮漁獲與廚師手藝而來。經驗豐富的老闆娘陸續端出一盤盤海鮮與各式小魚點心。幾束鹵素光暈照著成排玻璃罩裡繽紛的小點，擺放得令人垂涎。吧檯顯眼的位置有盤佐以蒜末的葡萄醋漬鯷魚，那是隻捲起的小魚插上墨綠橄欖、一小段紅紅甜椒、半個水煮蛋串成的一口美食。這兒不成文的規矩，送上來的小盤子不用刀叉，客人立於吧檯前捏起竹籤一口送進嘴裡。配上一口白葡萄酒，每張臉都露著滿滿的幸福。另外一盤所剩無幾的是裹了薄薄麵糊的酥炸小魚，雖已沒了現炸的酥脆，但依然保持軟嫩適宜，送入嘴裡滿口是鮮美的汁液。若想配上一口法棍切片麵包可在檯面竹籃自取，不需額外付費，加上一小杯葡萄酒，只需幾個銅板，公道又實惠。

體態豐盈的老闆娘，俐索的倒酒、高聲與客人談笑、分送小魚、收錢找錢。既快又俐落，哪個客人點了什麼，她可是一清二楚、絲毫不會搞錯。

老闆娘忙進忙出不時端出令人期待的料理，不過有時只是重複著前面的菜色，客人佯裝著偷偷瞥去一眼，似乎有點失望，但誰也沒離開的意思。突然有人發出小小驚呼、開始有些騷動，原來廚房端出一盤淺淺白綠的菊苣，一種甘甜微苦的萵苣。剝好的一片片如小船的葉瓣，已淋了藍紋乳酪醬「roquefort cream，」並擺上了一條褐色的鹽漬小鯷魚。柔和的色調、濃郁的乳酪、微苦菊苣、鹹香小魚，那是一種無法言語的美妙組合。

我沒什麼嗜好就是愛吃，不管吃什麼都香。別人看我吃東西特別帶勁，我也樂得以老饕自居。早些時候就聽說這家平價餐廳鯷魚料理十分有名，這回特地約了幾個台灣同學一起來嚐鮮。

那盤醋漬半生的小魚，滋味十足，但口味稍嫌酸了些，把怕吃酸的人全吃成了小瞇瞇眼。倒是小魚配乳酪、沒人對濃郁的奶香有意見，個個點頭稱許。至於我強力推薦的酥炸鯷魚更是搶手。酥酥脆脆、軟軟嫩嫩，每個人吃的滿嘴油光，連女生都點了第二份。我不禁為這趟美食之旅得意了起來，之後我們也入境隨俗將擦過的小紙巾扔在地上，以表對店的認同。我擠過喧嘩人群俯向吧檯，趁結帳空隙謝過老闆娘，也大聲讚美她的招牌酥炸鯷魚。她停了下來、擦擦手將廚巾甩過肩頭，側身斜看著我疑惑的說：「不對先生，你剛才點的是酥炸沙丁魚啊。」

吵雜的人聲裡，一時我尷尬地沒敢回頭，也不知有沒人聽見。

2 藥房裡的饗宴 *el banquete de farmacia*

看似文靜的橘紅炭火，偶爾滴下的油脂在薄薄炭灰上，滋滋地竄起一簇簇火苗。躍動得像是有生命的小東西。一排排尖銳的小鐵叉取代了天然蘆竹，魚口朝下戳至魚腹，輻射的紅暈一波波染上圍攏的美味。海浪夕陽彼此訴說著往事，海風輕輕拂去了白日的塵囂。庭院裡當年讀書的室友費爾，身著雪白圍裙準備著炙烤沙丁魚的饗宴。木托盤裡滿滿堆放著一尾尾銀閃閃健美的沙丁魚，黑亮亮的小眼、尖尖如剪的尾鰭。整整一個夏天的捕食，隻隻渾圓盡是肥美的油脂。這貌不驚人、遍布三大洋的小魚，儘管過了那麼多世紀，在人類文明史上依然扮演著重要的角色。在那沒冷藏設備的時代，除了醃漬就只有製罐。不過，那並不會減損營養，反倒更添加了風味。二戰時期，緬甸苦戰的英軍就曾與前來救援的國軍部隊分享隨身攜帶的口糧。為沙丁魚罐頭寫下了一段佳話。

適逢沙丁魚豐收的季節，海風清朗、星光閃爍。沙灘上村民正熱鬧準備著一年一度的節日。年輕人採來細長半人高的蘆竹，一一串上小魚、斜插入沙裡，排出一列長長的拱廊。

銀灰的沙灘勾勒著暗紅的篝火，整個漁村籠罩在溫馨、浪漫的氛圍裡。熱情的村民帶來了吉他、麵包、葡萄酒與更多的食物，伴著一波波輕柔的浪濤歡唱跳舞。這些海邊的小漁村雖不如知名景點熱鬧，但卻保留了幾個世紀以來的民俗風情，也兼顧了原生態的美景。在這你能感受到漁民心情勞動，與對海洋的尊重。我欣賞那份純樸、浪漫，總是散發著如地中海陽光般的魅力。那份特有的悠閒更是令人嚮往。

片刻功夫珍饈的香氣就瀰漫在空氣中。幾個世代以來傳統的烹飪一直保持不清除小魚內臟的習慣。將整隻小魚斜靠上篝火、細火慢煨、大方撒上海鹽、烤熟了魚肉總是帶著一絲絲焦香。抽出細竹、邊吹邊摘除魚頭、魚肚，剝下鮮嫩的半邊，滿足送入嘴裡。入口先是淡淡的苦味，接著是回甘釋出，餘韻留在齒頰久久不散。那份苦味正如人的一生不總是甜蜜，未曾嚐過人生的苦，又怎能體會真正的甘甜呢。費爾堅持不懈的努力，終究獲得醫界的成就。他忽然嚴肅起來說別因廉價而小看沙丁魚，牠渾身是寶，對人體健康有極大的益處。並一再強調這麼好的紅肉魚實在該放在藥房。是的他說藥房，不是市場。

絕大多數尾鰭呈剪狀屬紅肉魚，扇形尾鰭屬白肉魚。剪尾肉質色澤偏紅較深、扇狀肉質色澤偏白。我們四面環海有取之不盡的資源。其中不乏鮪魚、鯖魚、秋刀、硬尾。都屬野生紅肉魚，一般市場較常見的白肉魚，大多為人工養殖。魚塭環境優渥，隻隻養得癡肥。但其肉質鬆軟、滋味平淡，不管如何調理總帶著一股淡淡的土腥。體型較小生長在近海的紅肉魚，在急遽惡化的海洋環境下，本能的尋覓乾淨洋流，因而所受污染甚微。魚群吸飽食物鏈最源始的浮游生物，不難想像與飼料餵養的在肉質、滋味絕對有明顯的差距。

回到庭院，素雅的雪白磁盤已排著幾條烤的油滋滋的青皮沙丁。伴著翠綠萵苣與小紅蕃茄。金黃酥脆的薯條更為盤中添加了豐富的色彩。如此甘美純淨的食材、簡單的令人驚艷。不論在色澤、香氣、或味道上，絕對不遜色於任何名貴的魚種。在口齒留香之餘，這原味的魅力，或許就是一場藥房裡的饗宴。

（〈老饕的小鯷魚〉，二〇二三年八月九日，《聯合報》副刊）

（〈藥房裡的饗宴 *el banquete de farmacia*〉，二〇二四年三月十三日，《聯合報》副刊）

炒飯SOP

游世民

「改天教你怎麼做飯？」那天，妳突然問我，做完爸的七七幾天後。

「你爸不在了，哪天我也不在，你一個人怎麼辦？」輕聲叨念，對我說，但更像是說給自己聽。

妳總是這樣，從我失明之後，就一直為我擔心。擔心我怎麼養活自己、怎麼吃飯、怎麼出門，從食衣住行到婚姻大事，妳都擔心。

我能了解妳，一個剛失去丈夫的女人，有著患得患失，擔心這、擔心那，一種過渡的不安全感。所以，我安慰妳：「別想那麼多，那都是很久很久以後的事了。」可很久很久的以後會是多久呢？

爾後，每隔幾天，妳就提一次，說要教我煮飯做菜。幾次後，我突然意識到，身為兒子，我有義務消除妳的不安全感。所以，當妳再次提起時，我於是說好。

看不見下廚，我們都沒經驗，一個不知該如何教，一個不知該怎麼學。那就先學炒飯吧，妳覺得那最簡單。

煮飯時，怕觸電，我拿乾毛巾包住手按開關，妳很無語。切菜時，妳緊張怕我受傷。看到我用菜刀鋸肉塊，妳有動手的衝動，以為妳想幫我，結果是想K我。而蛋總是敲不破，見我小心翼翼，妳笑罵：「用力點，沒吃飯喔。」

妳笑了，妳終於笑了，多久了。這時我才發現，整個過程，妳似乎忘了想起妳的丈夫、我的爸。於是，我更加笨拙了。

過程是狀況百出的，經過無數次失敗，我們終於理出只屬於我的SOP。

方形碟子放青菜，圓形放火腿片，小碗裝蛋液，不同容器我較容易辨識。肉片換成火腿，「隨你怎麼煮，一定是熟的。」妳說。滴幾滴油，中火，小碗、圓碟、方碟依序入鍋翻炒，小匙精鹽醬油，最後關火，大碗飯入鍋翻攪，大功告成。那是專為我客製的炒飯SOP。

終究還是一個人下廚了。

按下電鍋開關時，想了妳一分；切菜時，再多一分；火腿切片，又多了一分。蛋液碎殼灑滿地時，想起那次，同樣滿地蛋液碎殼，妳叫我：「不要動。」雖看不見，但我知道，妳正俯身擦拭地板。那一刻，好心疼，好想哭。

就剩我一個人的餐桌了。才拿起筷子，忽然明白，很久很久的以後，不管多久，其實，都沒有很久。

☆（二〇二四年台灣房屋親情文學獎佳作）

刺繡的圍裙

畢珍麗

婆婆給我的第一印象是圍裙，白底綴滿東方色彩圖案的手工刺繡圍裙。

那年男友第一次帶我去他家，他的母親從廚房走出來，穿著一件白色的圍裙，圍裙上繡著朱紅色的牡丹花，四個角落更有象徵福氣的蝙蝠圖騰。她正用小方巾慢慢秀氣的擦著手，彷彿在擦拭一個寶物。

那一瞬間我聯想到，母親在廚房忙碌的身影，母親要顧店又要煮食，總是圍著一塊長巾在廚灶間穿梭。手髒了就抓起綁在身上的長巾，混亂的胡擦一把。那種速度總讓我跟著慌張起來。

她放下小方巾，解開圍裙順手摺疊一下，擱在小茶几上，招呼我快坐下。這是我第一次見到婆婆的場景，那件圍裙也同時吸引了我。半年後我披上嫁衣，新婚期間婆婆總不讓我進廚房，我得撒嬌耍賴才能進廚房打打下手，幫忙洗菜搶著洗鍋子。

未嫁前自認也能煮食的我，進到婆婆的廚房才知道什麼叫溜、耗時的煨、還有費工的乾煸，也才知道什麼才稱得上刀工。每樣菜婆婆都非常細心地處理，那些切片切絲的食材，常讓我懷疑她是否暗藏了一把尺在身後，趁我不注意的時候，拿出來比劃著長度寬窄，才一刀刀慢慢切出來的。

總覺得食物吃到肚子裡都一樣，胃會處裡它們，大小長短厚薄不需太過計較。但婆婆有美觀的理由、有熟成時間的說詞，所以食材必須切得一致。剛開始我貪快切粗，她發現後會挑出來改刀切小。好幾次為符合她的水準，手指差點都成配料啦！

她看得出我慌亂，看得出那也想學習的心思。於是像教孩子似的教我，片薄豆乾的方法、肉絲切細的祕訣。但卻沒有發現，我時常注視她身上那件刺繡的圍裙。

逢年過節，總會有親朋好友來聚餐。婆婆必須兩、三週前就開始採買備料，她燒肉的方式宛如要進貢皇帝般費工。五花肉被細緻抹上現炒的花椒鹽醃兩天，然後挑掉花椒粒，油鍋放入冰糖，利用融化的糖液使肉上色。再取出用藺草把肉緊緊綁上雙十字。接著陶鍋用蔥薑墊底，彷彿布置一個巢，再將五花肉放入，淋上花雕酒、醬油，加少量的水以極小的火苗煨著那塊琥珀色的肉。

第一次看到所有程序時，眼前冒出無數的驚嘆號，彷彿時間在婆婆的手上是取之不盡的。在娘家廚房裡，母親就弄口深鐵鍋，放入水、醬油、米酒、八角、蔥薑，一塊市場買回來的肉就丟下鍋啦！三十分鐘開蓋就端上桌了。

婆婆像在瓦斯爐邊施法，微微晃動的小圈火苗總也不會熄滅，肉香像迷霧般從廚房飄進客廳，飄向前院，再從門縫竄流出去。還聽過鄰居阿嬤在大門外說：「哇！豬肉滾得那麼香！」她就打開鍋蓋看了兩次，第三次只見她用筷子觸了一下肉，嘴角跟著微微上揚，把火開大，將肉汁收到她容許的量，濃稠的肉汁發著亮光，那香氣根本就像老酒般迷人。五花肉在陶鍋裡應該是感到十足的驕傲，全身顫抖著。

肉被安置在滾著波浪金邊的白瓷盤裡，第一口肉送進嘴裡，齒縫間立刻爆出不曾品嚐過的暖香滑潤，就像遇到失散的親人，那種來不及述說的心情全湧上心頭，眼淚都快給逼出來了。

我像轉學生，學習著新學校的文化，學習著新技藝。心中難免矛盾，母親的食物也很好吃呀！時間緊迫情急的時候，母親一鍋水搞定所有食材，按照熟成難易度，母親把肉先放入沸水中，二十分鐘後放入蔬菜類，湯汁再滾沸就關火。撈出肉和蔬菜分兩盤，一碗醬料，湯和菜都有了，全家就能吃得像團圓夜似的開心。

在新廚房裡，節奏顯然全成了慢板，婆婆總優雅切割著食材。執鍋鏟的手彷彿拿羽毛般輕盈，就算是油鍋裡的炸物，也只會細細地冒著油泡。

如果母親是豪邁的，婆婆就是幼秀的。而我像是從熱舞的場子，滑進古典舞池中。體內躁動的細胞，時常會不自主地跳躍起來。然而那件刺繡的圍裙發出了聲聲招喚，招喚我的心放緩速度。朵朵朱紅牡丹美麗漸層的花瓣，若沒有耐性一針針挑繡，如何能顯出花朵的豐美富貴？我跟自己說：「靜下心來，引上一根繡花線吧！」

娘家吃潤餅時節，婆婆用燙麵烙薄餅，炒數盤時令蔬菜，煎蛋皮切成細絲，醬塊香氣四溢的梅花肉。我學著用擀麵棍擀出盤面般大小的薄餅，手勁得拿捏好，讓餅皮厚薄一致，不能太厚，更不能有過薄的地方，為的全是包菜料後一致的品嚐口感，又不會破損漏餡。

第二年冬天外子生日，婆家在這樣的日子裡必定會煮大滷麵，進廚房時發現婆婆身上的圍裙不見了，我正納悶著。婆婆從抽屜裡拿出圍裙，笑嘻嘻地說：「從今天開始，這圍裙是妳的了。」我的耳朵怎麼嗡嗡的響著，心怦怦的直跳。她已經為我穿上，且在身後繫好蝴蝶結。我應該是興奮的傻了，呆呆地說不出話來。

平日羨慕的圍裙，居然在這樣無預警狀態下變成我的，撫摸著牡丹花瓣，感覺胸前的不是圍裙而是一面獎賞，像考試滿分老師發的獎狀。

那個下午，陽光格外的溫暖，彷彿都能嗅到幸福的氣味。炸好蝦米切著煮大滷麵的香菇、木耳、肉片、冬筍、黃花……，沸水翻滾著所有刀工一致的食材，鍋面熱鬧的樣子，像是美好的人生。調味、勾芡、下蛋液、關火。晚餐的餐桌上，婆婆摟著我的肩膀對家人說：「從今天開始，咱們家掌杓換人囉！」我的視線瞬間模糊了。

☆（二〇一七年吾愛吾家徵文散文類三獎）

收鱔魚

林月慎

我出生在台北縣萬里鄉二坪（現改制為新北市萬里區），萬里鄉三面環山，一面臨海，多丘陵地，先祖們胼手胝足墾為梯田，多以務農維生。五〇年代的鄉下，物資十分缺乏，為了賺錢貼補家用，當秋冬颳起強烈東北季風，不適合農耕的日子，村裡的男丁便會進入礦坑採煤，改當臨時礦工，近海的則出海捕魚。

我的父親兩者都沒去，因為他不敢進「頭看不到天」的礦坑底下，也不敢去「腳踩不到地」的海上，所以我們家比別人辛苦一些，沒有現金可以運用。父親個性堅毅，有念些書，常想要自行創業尋找致富機會改善家境，即使失敗也不輕言放棄。他試過種植荸薺、經營苗圃、牧場等，其中最令我印象深刻的是「收鱔魚」。

我十二歲那年秋天，父親從桃園帶回許多竹片編成的魚籠，要我們去抓野生鱔魚，賺錢貼補家用。鱔魚體型細長，沒有鱗片，背部呈黃褐色，腹部顏色較淺，生長在乾淨不受汙染的水域，田間、溝渠、泥沼都可發現蹤跡。鱔魚是一種夜行性的魚類，以水生昆蟲及小魚為食，我們先去土堆找尋蚯蚓，放進魚籠作餌，天黑之前把魚籠放在鱔魚可能出沒的地點，隔天一早收取。打開魚籠後端的小蓋子，鱔魚一條條竄出，在桶子裡活蹦亂跳，數日後有一定數量時，父親搭車到紅樓戲院旁的西門市場，賣給專門販售鱔魚的攤位。

不久，父親決定擴大經營，買來更多魚籠分售其他農家，改當中盤賺取價差。我們只負責收購，不再抓鱔魚了。

一早四點多，大哥、我跟妹妹被叫起床，吃完母親煮的熱騰騰菜飯，一人一個袋子，帶著現鈔、零錢、秤子，天未全亮就兵分三路，挨家挨戶收鱔魚。

翻過山嶺，右邊小溪的潺潺流水聲如鬼哭，左邊小徑的草叢似乎隨時都會跳出妖怪，在收鱔魚的路上，我腦海裡不斷浮現阿公講的鬼故事，心裡一驚，驚覺背後有人追過來，死命狂奔。

但最怕的還是去養狗的農家。有一次，一隻黑狗瞬間撲來，往我後腳跟狠咬，痛到站不起來，還要收拾掉了滿地的銅板，以及滑溜溜的幾百條鱔魚。

若魚籠裡抓到蛇，我們也要收購，不然農家會不高興，因為蛇也可以賣錢。面對無毒的水蛇，雖然很害怕，但因無致命危險，我會屏住呼吸，用最快速度打開魚籠取出水蛇，將牠裝進袋中，用布袋針縫合袋口。若是毒蛇龜殼花、雨傘節則不敢大意，連魚籠整個包好，放入布袋。

收購回來的水蛇，放進白色塑膠水缸，有少數越缸而逃，遊竄在屋後水溝，或是廚房、廁所、豬槽邊，夜間上廁所得小心，以免踩到；若蹲下發覺黑暗中一點綠光，不必懷疑，正是蛇郎君在看著我呢！

鱔魚喜歡鑽洞而居。我們幾個孩子常一時興起比賽徒手抓鱔魚，只要發現靠田埂泥地有小洞，就知那是鱔魚的家。鱔魚有黏液，徒手不易抓取，常一滑手就溜走了。我們將抓到的鱔魚用芒草從鰓穿過，串在一起，總要串滿數串才肯回家。

媽媽將鱔魚洗淨，放進鍋內，倒入米酒，鱔魚張大嘴巴吃得嘖嘖有聲，待其酒醉失去活動能力，加水及中藥黃耆、枸杞、當歸、川芎、黨參、甘草、桂枝燉煮，肉質鮮美，且含有豐富蛋白質，具滋補保健功效。有時，媽媽也會用麻油先煎過再燉，更是香氣四溢，是我家餐桌上難得的美味佳餚。

民國六十年後，農人開始使用農藥及除草劑，自然生態遭破壞，影響到鱔魚的生長與繁殖，數量日漸稀少，又因部分農田休耕，很難再抓得到野生鱔魚，大部分改為養殖或從大陸印尼等地進口，我家維持數年的收鱔魚日子也就這麼結束了。

每當我將這一段充滿酸甜苦辣的記憶與兒孫共享時，他們總是聽得津津有味；我也十分感念在那鄉村度過的童年，雖然匱乏辛苦卻養成我堅毅樂觀的個性，啥米攏不驚。

（二〇一五年六月十五日，《聯合報》繽紛版）

寶石

翁淑慧

靜巷轉角的巧克力專賣店，婚前來過。她推開落地玻璃門，迎賓鈴鐺刺激嗅覺，迎來苦甜芬芳。

她用微笑婉拒了店員的禮貌招呼，店員旋即轉向甫進門的年輕情侶，女孩隔著玻璃櫃指選巧克力，每次點擊就像觸碰到聲控開關，店員立刻展開流利介紹。

兩種聽久了都會厭煩的甜膩聲音在她耳邊起落，不論店員多麼仔細解說，女孩顯然和她一樣都有選擇障礙，反覆多種排列組合，難以決定九宮格禮盒的紅心主角，而男孩始終在旁溫柔陪伴，耐心等候她的答案。

店員小心取出女孩最後選定的紅寶石巧克力，並貼心展示給年輕情侶鑑賞，倆人同時發出拉長的驚呼。那幅景象讓她有種錯覺，好像躺在托盤上的不是甜點，而是一枚嵌有閃耀光澤寶石的戒指，而她恰好見證了這對小情侶的重要時刻。

初次造訪這間店，是她和他為了尋覓未來新家的邂逅，那時她也和女孩一樣杵在玻璃櫃前，面對琳琅滿目的造型、口味與名稱，在要和不要間拉扯，是果斷的他幫她做出決定，就如他總是在她陷入各式猶豫時，堅定幫她交付出答案。

婚前她喜歡他幫她做決定時的明快，還有那種被照顧得很好的感覺，婚後她依然被他這樣照顧著。

裝潢新家時，她還在揣想不同色系壁紙帶給家的感覺，粉的溫馨、藍的愜意、白的素雅，他早已下訂黃色壁紙，她來不及告訴他因為一篇同名小說，黃色是她痛惡的選項；添購家電時，她蒐集了各家廠牌廣告單比價，心底盤算好兩人平日都要工作，大容量對開冰箱才能解決假日一次採買的需求，生鮮也才好分類貯藏，殊料未經討論，他直接圈選了雙門冰箱；就連怕冷的她念茲在茲的暖氣設備，連置喙餘地都沒有，直接被迅速否決。

爾後，每當她提出想為這個家點綴日常的想法，崇尚簡約的他便會推出一貫結論。被沒收的不僅是那些點子，還有勾勒好家的圖景，隨著他益發獨斷的決策日漸褪色、模糊。

倘若試圖挑戰，就得做好點燃引信的準備，煙硝四起，家因此坑坑洞洞，還得花時間填補傷口，卻不能帶來改變。她終於明白，所有戰鬥都是徒勞。

婚前，再多爭吵難以打破他的原則，持久冷戰她永遠是輸家，就連嬌嗔央他陪她品嚐他不嗜吃的甜食也被斷然拒絕，這些徵象她早該警覺。

那次她充滿期待打開典雅紙盒，用八倍慢速咬開巧克力脆片外殼，獨特的三層水果內餡在她嘴裡化開，交纏出多重層次的濃郁口感，她不自覺露出幸福又滿足的笑容。她熱情邀他賞味繽紛香甜的珍珠，他卻寧可選擇不含糖分的純黑巧克力塊。

此刻，她望著玻璃櫃內的展示禮盒，各式巧克力被穩妥置放在狹小方格裡，就像他幫她決定好的一切物事，構築成不容變更的版圖。她彷彿這些巧克力，一直活在被訂製好的安排之中。

她決定這次要慢慢挑選喜歡的巧克力，就算難以俐落取捨，但在反覆推翻、重選的過程裡，她會更加清楚自己傾心的模樣，還有她其實不需要的過度包裝。

拿掉制約，她的決定變得自由，彷彿看見一個開闊的世界。

（二〇二一年十月三十日，《中華日報》副刊）

小手的牽絆

鐘佩玲

早上逛市場，路過海產攤子，跟老闆抱怨上次買的蛤蜊沙未吐淨。

「不然妳自己選。」

我揀了十幾只，老闆接過兩兩互敲，確定都新鮮後裝入透明塑膠袋。

「我放了些海水，回去加些自來水就可以了。」

返家後，將蛤蜊連水倒進盆子，放流理台上。過陣子回廚房往盆裡一探——不得了，怎麼這麼可愛！蛤蜊殼的邊緣，伸出兩隻並排的白色小手，末端呈淡黃，鑲著黑邊和細毛，相鄰兩只蛤蜊還四手交疊。

兒時觀察過泡水的蛤蜊或蜆，多是微開口吐舌，沒見過這小手。上網查詢，原來是出水管和入水管，難怪水中不時冒出小泡泡。

著迷地欣賞好一會兒，回過神才想到：如此鮮活的生命，我怎忍心丟入水裡煮？可是不煮的話很浪費，還是拿回去還老闆？或試試當寵物養？腦中一堆天馬行空的想法，只怪自己多事，以往買包裝好的從沒此問題。

「對不起喔，我還是得煮你們。」

「兩個做蒸蛋，剩下的煮湯。」

我低下頭雙手合十……。

傍晚時分，再度盯著小手發愣，忽然心生一計，Google「蛤蜊放生」，果真有專門網站，說明蛤蜊多生長於鹹水有沙泥的內灣或潮間帶。左思右想，決定去八里搭渡船，待船行至河中央把他們拋下。

晚餐後，將蛤蜊裝保鮮盒，放入便當袋，在路邊攔下小黃。司機一路狂飆，駛離市中心，途經圓山飯店，過了關渡大橋，再行一段荒涼暗黑的長路便抵八里。

假日老街遊客如織，賣炸花枝、烤魷魚、炒孔雀蛤的店家夾道熱情招呼，我垂眼步向渡船頭，誰知船已停駛，只好在已熄燈的碼頭畔探頭探腦，懷裡揣著袋子，很怕引來旁人側目。

好不容易選定地點，蹲下身打開盒蓋，方才車行搖晃劇烈，不僅水濺濕袋子，還把蛤蜊嚇得個個嘴巴緊閉，靜置片刻才放心地伸出小手，在水中輕鬆搖擺、吐泡泡。仔細瞧，有幾只殼面還脫了皮，我不禁想：這些蛤蜊從出生到成年，自繁殖地被撈起運送至市場，清洗泡水吐沙，被我揀回家再輾轉來到八里，這趟旅程真是夠遠，夠辛苦的。我忍不住把手指伸進水裡，與其中一隻小手輕輕相觸……。

然夜色漸深，提醒我該行動了。

挑出一只手伸得最長的，握在掌心沉甸甸的。

「你先打頭陣吧！」

像丟壘球般，舉臂奮力往夜空擲去，蛤蜊沿著拋物線，噗通掉進水中，緊接著一隻隻落水成功。

「祝你們好運，下輩子不要再當蛤蜊了！」

搭上末班公車，彷彿完成一件大事，心情像手上拎的空盒般輕盈。雖不知他們能否存活，但我最多只能做到這裡。

後來，跟家人朋友提及此事，他們無不露出「這也太誇張了吧」的表情，讓我懷疑起自己行徑之荒謬。

直至近日，無意間讀到作家黃春明的一篇小說，內容大概是：除夕夜，一名老翁不顧家人反對，攜著兩只蛤蜊，搭計程車從外雙溪大老遠至紅樹林放生。

反覆讀著，既驚訝又感動，原來世上不只我這個憨人。

（二〇二三年七月三十日，《中華日報》副刊）

鏡碗

翁士行

一天，和好友相聚，她送我一個碗，她說是個沙拉碗。回家我仔細端詳這隻碗，中型尺寸，全身明亮如鏡，倒影無數，只覺它像靜止的旋轉燈，令人目眩，應與材質及上面的波紋有關。

我將碗放在餐桌上，再丟幾顆糖果在碗裡，桌上五顏六色的食物、藥袋、瓶瓶罐罐全都入鏡，碗裡的糖果更是變得亮晃晃的。整個客廳、餐廳也淹沒在碗外表面的波浪紋裡。

一個悠閒的下午，我上網搜尋一番，查出碗的身世，原來它系出名門，由名家設計、盛滿工藝美學……，我立刻對它刮目相看，在先生、兒子回家前，我心裡已期待著自己的晚餐演說。聽完我的分享，先生、兒子和我都有共識——應該要還給好友。

晚餐後，我趕緊聯繫好友，她回說，不用還她，放在她家英雄無用武之地，只是待在櫃子裡。

後來，我將這碗收回紙盒內，放在客廳桌上，當家裡有客人來訪時，我就述說自己如何發掘這隻「碗星」的故事給客人聽，多虧了我，它才沒被埋沒，並得意的將它拿出來給大家瞧瞧，賓客總聽得津津有味，看得眼花繚亂。不過，才說了幾次就不想再說，我將碗裝回盒子，收進櫃子，連故事也一併收了進去。

（二〇一九年十二月十九日，《聯合報》副刊）

作者群簡介

依姓氏筆劃排序

——**王子丹**

本名王姵旋，誤闖文學森林的永恆少女，現在則是一名迷糊的全職媽媽，常常被孩子嫌棄，當媽後寫作能力急速下降，只能靠著閱讀與臉書發文轉換日復一日的人間煙火。「當媽怎麼這麼難啊?!」是我每天都會在心裡重複無數次的喃喃自語。

——**吳銘豪**

理工直男，從事程式開發。在成為視障者後，生活有很大的改變。以前只喜歡閱讀，從沒想過會接觸寫作，現在則因為寫作為生活增添了許多樂趣。

——**李志傑**

在西班牙飄蕩三十年，中文世界幾乎斷線，只有幾本翻爛的中文書作伴。我的文風可能有點老態，新潮詞彙還在努力。視力不佳，閱讀寫作都靠聽的。每天忙著就在嘴邊卻想不起的話，還要小心別惹人嫌。不過，告訴你個秘密：這把年紀重新迷上寫作，還挺有意思的。

林月慎

民國四十一年次。上海中醫藥專科畢業、中醫師特考及格、廣州中醫藥大學碩士。曾任基隆市中醫師公會理事長、基隆市政顧問、中央健保署中執會副主任委員及審查醫師，中醫師全國聯合會理事。現就讀國立臺北教育大學，任同德中醫院長，是一名業餘農夫。

林佳樺

宜蘭人，師大國文系、師大國文研究所畢。曾獲林榮三散文獎、時報散文獎、中國文藝獎章。散文書寶寶有《當時小明月》《守宮在唱歌》。

喜歡書寫的自己，更喜歡閱讀時的自己，因為讀與寫是我與外界連繫的橋梁。

林苓慧

喜愛文學閱讀，在耕莘上過李維菁的課已成永恆。寫作班風格自由不羈，不求正向光明溫暖，我能誠實抱怨生而為人的疲勞，冷靜刺穿人生虛假。

作品以筆名「藍苓」發表，刊於《聯合報》副刊、《自由時報》花編版、《人間福報》。

洪雪芬

一九七九年生，清華大學動力機械系畢業。跟著月老的紅線定居三重，總在迷宮般的巷弄迷路，做過最久的工作是家庭主婦。揮霍家務與育兒的空隙寫字和作夢，曾獲林榮三小品文獎、吾愛吾家徵文，偶有作品發表在副刊。

夏予涔

台北人，人生大繞路的中歲女子，擁有令人啼笑皆非的生命經歷。

寫散文、寫詩。作品散見於《中國時報》人間副刊、《中華日報》副刊、《人間福報》副刊與各大詩刊。亦撰寫藝術創作推薦文，與藝術家於報刊共同發表創作。

孫大白

年近半百時，可憂可喜之事已無甚己，頓覺文學創作之愛好纏身而來。蔚蔚藍天，白雲悠悠，尋一枝而棲，求一葉之露。歲月匆匆，忽忽二十載又過去了，如今夢與回憶常縈繞於心，隨筆小文，隨日飄飛。

桂尚琳

臺北人。熱愛說故事，最喜歡「月之暗面」題材的人事物，在劇場、文學與影視的領域走走跳跳。赭月製作負責人，劇場處女作為獨角音樂劇《忘川》，同時經營 Podcast「一問三不知」，曾獲林榮三文學獎。

翁士行

筆名翁莉。政治大學外交系學士，文化大學中文系碩士。中小學作文老師、國立嘉義大學業師、國小課本編撰委員與課文作者、幼教用書與作文用書作者。

喜愛用文字記錄生命或編輯自己的密碼，藏進甜蜜罐裡。

——翁淑慧

彰化人，清華大學中文所畢。曾獲國藝會小說創作計畫補助、教育部文藝創作獎首獎，作品曾入選《2017 飲食文選》。開心時特別聒噪，難過時特別想看電影，教書休眠時，用文字打撈流逝的光與手作平行宇宙。

——畢珍麗

明年就可以說自己是七旬老婦了。中年時以為將握鋤頭的手，意外地拿到筆桿。寫作剛開始以為是避難，卻意外尋到桃花源。把寫作班當國民義務教育上，在中正文化中心當過二十多年義工。目前為視障團體寫作班義工。

游世民

一九六九年生，意外受傷失明後接受生活暨職業重建。曾擔任點字教師、盲用電腦教師、理療按摩、精油按摩及解剖教師等，現從事按摩及街藝表演工作。

葉慧慈

從小到大，都希望自己能配得上這名字，成為既有智慧又有慈愛的人。學大眾傳播的我，卻從事小眾傳播的工作。是年紀最大的聽打員，也是影視節目的口述影像撰稿者。感謝神讓我有能力、有機會去做榮神益人的事，也讓我在這當中獲得滿足。

廖桂寧

左撇子卻以右手拿筆持筷，設計斜槓寫稿工作者，不知何者才是祖師爺賞的飯碗，只好號稱自己效法蘇東坡：一手拿畫筆，一手拿文筆。現實是，無論哪一筆，都處於極需努力再努力。

蔡莉莉

臺師大美術系畢業、美國加州州立大學洛杉磯分校藝術創作碩士（MFA）、西洋美術史碩士（MA）、國立東華大學華文所（2024-）。十次個展於福華沙龍、參與台北、台中國際藝術博覽會。出版《浮生畫記》等五本書。曾任復興高中美術班、建國中學美術教師。

鄭娟

武丹坑人。曾任華語教師、兒童作文班老師。為了治療失眠開始寫字，試圖抓住腦袋裡奔跑失序的訊息。捕捉不易，未能闔眼的夜晚仍乘隙交錯其中，時好時壞，如同我的書寫狀態。兩者寄生共存，至今沒有離開的跡象。

鍾育霖

突然要自我介紹，卻說不出什麼，這是很多人會遇到的問題吧？我也是。我是個既平凡又無聊的人，平凡到你路過不會記得我，無聊到什麼知識都知道一點，又總覺得不夠，你應該可以和我從天宮聊到外太空。字數到了，萬歲！

龎宇伶

一九八三年於光明誕生，二〇一二年轉為黑暗世界，短短人生同時具備兩種身分。感謝上天賦予一切，每個轉彎或許是必然也可能是偶然，因緣所會得以其幸，透過黑暗歷練光明無法照見的角落。

鐘佩玲

一直喜歡寫作。書寫，對不擅言語表達的我來說，既梳理又療癒。掉出女書班後，閑散放鬆地在寫作路上停停走走。因此，當明玉老師召喚我，回歸與優秀文友們合輯出書的隊伍，不僅是小幸運，簡直是中樂透般，大大的幸運。

國家圖書館出版品預行編目資料

當我們寫作，我們寫的是什麼 /
凌明玉策劃・主編. -- 初版. -- 臺北市：
聯合文學出版社股份有限公司, 2025.03
280面；14.8×21公分. --（聯合文叢；769）

ISBN 978-986-323-670-2（平裝）

863.55　　　　114002766

聯合文叢 **769**

當我們寫作，我們寫的是什麼

策劃・主編／凌明玉
發 行 人／張寶琴

總 編 輯／周昭翡
主　　編／蕭仁豪
資深編輯／林劭璜
編　　輯／劉倍佐
資深美編／戴榮芝
業務部總經理／李文吉
發行助理／詹益炫
財 務 部／趙玉瑩　韋秀英
人事行政組／李懷瑩
版權管理／蕭仁豪

法律顧問／理律法律事務所
陳長文律師、蔣大中律師

出 版 者／聯合文學出版社股份有限公司
地　　址／(110)臺北市基隆路一段178號10樓
電　　話／(02)27666759轉5107
傳　　真／(02)27567914
郵撥帳號／17623526 聯合文學出版社股份有限公司
登 記 證／行政院新聞局局版臺業字第6109號
網　　址／http://unitas.udngroup.com.tw
E-mail:unitas@udngroup.com.tw

印 刷 廠／沐春行銷創意有限公司
總 經 銷／聯合發行股份有限公司
地　　址／(231)新北市新店區寶橋路235巷6弄6號2樓
電　　話／(02)29178022

出版日期／2025年3月　初版
定　　價／380元

財團法人耕莘文教基金會　耕莘青年寫作會　協助出版

ISBN 978-986-323-670-2（平裝）